Erotische Herrschaft und Unterwerfung Bd. 2

Erika Sanders

Erotische Herrschaft und Unterwerfung Bd. 2

Erika Sanders
Serie
Herrschaft und erotische Unterwerfung

Titelbild: @ krivitskiy- Pixabay, 2024

Erstausgabe: 2024

Zusammenfassung

Dieser Band enthält drei inhaltliche romantische und erotische BDSM-Titel.

Unterwürfiger Sklave:

Wir haben uns neulich getroffen.

Ich habe einen Raum mit einem Thema zur Suche nach einer Domina im richtigen Bereich erstellt. Nach ein paar Stunden kam Lucy herein und wir sprachen darüber, was uns an der Situation und dem Thema gefällt und was nicht.

Wir haben Bilder ausgetauscht ... nichts Kühnes, nur Bilder von uns in normalen Outfits am Anfang.

Lucy bittet mich dann, Ihnen eine Liste meiner Grenzen zu senden ... eine vollständige Liste dessen, was ich nicht tun würde und was ich tun wollte ...

Susan sklavin:

Susan liebte es, ihrem Meister zu gefallen und er machte immer alles perfekt zwischen ihnen.

Susan stieg aus dem Bett und verwirrte ihre Haare zu einer Nadel, als sie ins Badezimmer ging.

Das Kleid, die Strümpfe und die Schuhe, die Master Robert für sie ausgewählt hatte, hingen an einem Haken an der Rückseite der Tür.

Es gab keine Unterwäsche.

Susan lächelte, wusch sich dann das Gesicht, putzte sich die Zähne und öffnete, bevor sie ins Schlafzimmer zurückkehrte, die untere Schublade der Kommode, holte die chinesischen Eier heraus und zog das Tangahöschen aus, mit dem sie geschlafen hatte ...

Unterwürfiger Sklave, **Susan sklavin** und **Zieh dich aus, ich befehle dir** sind Geschichten mit starkem erotischen BDSM-Inhalt, die wiederum zur Erotic Domination-Sammlung gehören, einer Reihe von Romanen mit hohem BDSM-Gehalt.

(Alle Charaktere sind 18 Jahre oder älter)

Anmerkung zum Autorin:

Erika Sanders ist eine international bekannte Schriftstellerin, die in mehr als zwanzig Sprachen übersetzt wurde und ihre erotischsten Schriften, weit entfernt von ihrer üblichen Prosa, mit ihrem Mädchennamen signiert.

Index:

EROTISCHE HERRSCHAFT UND UNTERWERFUNG BD. 2
ERIKA SANDERS

UNTERWÜRFIGER SKLAVE

KAPITEL I

Wo zum Teufel war sie?

Das dachte er sich, als er in der Cafeteria an einer Hauptstraße außerhalb der Stadt an einem Tisch für zwei Personen saß.

Ich hatte bereits zwei Tassen Kaffee getrunken und mehr als eine Stunde war vergangen, seit wir uns gestern geeinigt hatten, und verdammt noch mal, ich musste pinkeln.

Da ich nicht wusste, ob ich bleiben oder gehen sollte oder was auch immer, überzeugte ich mich schließlich davon, dass er mich stehen gelassen hatte und beschloss, mich zu erleichtern.

Was für eine verdammte Zeitverschwendung und dies ist nur ein weiterer Schlag für mein Ego ... es ist sehr nahe an der anderen Zeit passiert, hätte ich vermuten sollen, dachte ich, als ich vom Tisch aufstand und ins Männerzimmer ging.

Wir haben uns neulich getroffen.

Ich habe einen Raum mit einem Thema erstellt, wie man eine Domina im richtigen Bereich findet, und nach ein paar Stunden kam Lucy herein und wir sprachen darüber, was uns an der Situation und dem Thema gefällt und was uns nicht gefällt.

Wir haben Bilder ausgetauscht ... nichts Kühnes, nur Bilder von uns in normalen Outfits am Anfang.

Uns hat gefallen, was wir gesehen haben, und wir haben beschlossen, uns heute am Samstagmorgen in der Cafeteria zu treffen ... eigentlich sehr früh ... um 6:15 Uhr.

Lucy bittet mich dann, Ihnen eine Liste meiner Grenzen zu senden ... eine vollständige Liste dessen, was ich nicht tun würde und was ich tun wollte.

Sie sagte mir auch, ich solle ihr alle meine Maße schicken; alles von der Länge meines Schwanzes, als ich aufstand, bis zur Größe meines Schuhs.

Dann, später, bat er mich, Bilder von meinem Schwanz zu schicken, wie gewöhnlich aufgehängt und auch mit voller Erektion.

Er hatte alles getan, aber verdammt, er landete hier allein im Badezimmer der Cafeteria.

Ich verließ die Cafeteria und ging zu meinem Auto auf der Rückseite des Parkplatzes, wo ich Lucy gesagt hatte, ich würde parken, und ihr gleichzeitig meine Registrierungsnummer gegeben hatte.

Als ich die Tür öffnete, begann das beifahrerseitige Fenster eines schwarzen SUV, der neben mir geparkt war, zu rollen.

"Peter, bist du dabei?" sagte eine weibliche Stimme leise.

Ich ließ ihn wissen, dass ich es war.

"Entschuldigung, aber ich musste sicherstellen, dass du die Person bist, von der du wirklich gesagt hast, dass du sie bist."

Ich sah den Fahrer an und mein Herz begann mit einer fantastischen Geschwindigkeit zu schlagen.

Sie war Lucy und sie war wunderschön ... in einem Ledermantel und hohen Lederstiefeln.

Sein Ledermantel war unten aufgeknöpft und enthüllte seine nackten Schenkel und ein wenig Leder darüber, aber ich war mir nicht sicher, was das Leder genau war, aber es erfüllte seinen Zweck, mich zu begeistern.

"Wo zum Teufel warst du? Ich habe über eine Stunde auf dich gewartet." Ich ließ los, als ich auf seine Stiefel schaute und spürte, wie mein Schwanz anfing, auf die Situation zu achten.

"Nun, Peter, sag einfach, wie du dich fühlst. Wenn du immer noch daran interessiert bist, mich zu treffen, wirst du mir jetzt nach Hause folgen. Wenn wir dort ankommen, wirst du die Garage im Raum neben meinem Auto betreten. Verstehst du diesen Jungen?"

Bevor ich antworten konnte, schloss sich das Fenster und der SUV fuhr vom Parkplatz ab und wollte gehen.

Meine Erektion starb in Rekordzeit an derselben Stelle.

Was soll ich tun, was soll ich tun?

Fluch.

Ich sprang in mein Auto und rannte ihr nach, in der Hoffnung, dass es nicht zu spät war.

"Wo ist sie?" Ich sagte mir, als ich mich dem Ausgang näherte ... "Dort bog er rechts ab; er geht nach Westen."

Ich habe versucht, das Tempo zu halten und es im Blick zu behalten, ohne zu beschleunigen, da diese Straße für ihre Radarkameras bekannt war.

Ich sah sie, als sie plötzlich durch ein bernsteinfarbenes Licht ging und mich zwang anzuhalten und zu beobachten, wie sie verschwand.

"Schlampe ... sie hat es absichtlich getan", rief ich niemandem zu.

Ich wartete darauf, dass das Licht für eine scheinbare Ewigkeit grün wurde, dann begann ich so schnell wie möglich und erlaubte zu glauben, dass ich es verloren hatte.

"Da ist sie, mach weiter." Ich habe mich angeschrien ... sie muss im Verkehr gefangen gewesen sein oder vielleicht hat sie angehalten.

Ich folgte ihr direkt nach dieser Haltestelle und ein paar Kilometer später bog sie schließlich rechts in eine Nebenstraße ein, die für ihre teuren Häuser und die hervorragende Aussicht bekannt war, da sie viele am See waren.

Wir fuhren viel langsamer.

Sie wollen wahrscheinlich nicht, dass die Nachbarn etwas bemerken, dachte ich.

Also bog sie rechts in eine Straße ein, die am Ende ein riesiges Haus hatte, und das erste, was ich dachte, war, dass sie verloren war ... aber sie ging in die Garage und öffnete die Tür, bevor ich dort ankam.

Sie ließ das Auto links stehen und ich fuhr rechts neben ihr.

Sobald ich in die Garage kam, als sich die Tür zu schließen begann, stellte ich das Auto ab und stieg aus.

Sie öffnete eine Tür zum Haupthaus und bedeutete mir, ihr zu folgen, was ich tat, aber zögernd.

Ich wischte mir die Füße auf einer Matte ab, ging ins Haus und schloss die Tür hinter mir.

Dann drehte ich mich zu Lucy um.

"Du weißt, dass du fünf Meilen von mir entfernt lebst ..."

Schlag ... Schlag ... Schlag ... sie schlug hart auf meine Wangen.

"Wie kannst du es wagen, so mit mir zu sprechen, wie du es getan hast? Du wirst mich nie wieder befragen, nutzloses Stück Scheiße wie du! Verstehst du mich, Peter?"

Ich war geschockt, weil ich das nicht erwartet hatte.

"Ja, ich denke"

Er packte mich an der Vorderseite meines Hemdes ... Schlag, Schlag ... Schlag.

Sie schlug mich erneut und diesmal versuchte ich mich zu schützen und packte sie am Handgelenk ... nur für einen Reflex, aber ich erkannte, dass es albern war und ließ es schnell los.

"Oh Scheiße, ich bin beschissen", dachte ich und wartete darauf, dass sie mir sagte, ich solle gehen.

"Auf deinen Knien JETZT Peter!" sagte er laut, als er meine Haare packte und mich zum Fallen zwang.

"Du hast eine kleine Strafe, Sklave." Sie sagte.

Sie nannte mich eine Sklavin und ich dachte, sie würde das zwanzig Minuten lang tun.

Meine Knie waren zusammen, meine Hände waren auf beiden Seiten, um mich zu stabilisieren und ich sah sie an.

Sie sah mich an und trat mich dann hart, wo sich meine Knie berührten.

"Spreize deine Knie, Schlampe!"

Ich habe getan, was mir gesagt wurde.

Dann legte er die Spitze seines rechten Fußes auf meinen Schwanz und drückte ihn fest.

"Vergiss es nicht noch einmal, Peter. Senke auch deinen verdammten Kopf und schaue auf den Boden. Lege deine Hände auf deine Schenkel, die Handflächen hoch, in die richtige Position für einen Sklaven."

"Sie haben fünfzehn Sklavenpeitschen, die Sie erhalten, wenn unsere Sitzung beginnt. Fünf sind dafür, unverschämt zu sein, als Sie mich fragten, wo zum Teufel ich war. Fünf sind dafür, falsch zu antworten, nicht respektvoll mit mir zu sprechen und mich nicht Madam oder Lucy zu nennen. Sie tun es immer Wenn Sie nicht in der Öffentlichkeit sind, dh in einem Auto oder einem Haus ... hier oder in einem privaten Raum. Fünf sollen mich ohne Genehmigung berühren, wenn Sie mein Handgelenk ergriffen haben. Wenn Sie es erneut tun, werden Sie es sein über deine Grenzen hinaus bestraft, da ich mich schützen muss. Verstehst du, warum du bestraft wirst, Peter? "

Ich sah ihr Gesicht so gut ich konnte an und sagte:

"Ja ich verstehe".

Sie packte mich fest an den Haaren und sah mir in die Augen.

"Es wird noch fünf Wimpern geben, um mir nicht zu gehorchen, aufzublicken und Respektlosigkeit zu zeigen, weil ich mich nicht als Dame bezeichne. Verstehst du mich, Peter?"

Ich senkte meine Augen und meinen Kopf so gut ich konnte, obwohl sie mich immer noch an den Haaren hielt und sagte:

"Ja, Frau Lucy, ich verstehe."

"Gestern haben wir darüber gesprochen, dass du mein Büßer und Sexsklave geworden bist und dass du eine Ausbildung brauchst. Ist das richtig, Peter?"

"Ja, Ma'am, das ist richtig."

"Sie sagten, dass Ihre Grenzen nicht Teenager oder Minderjährige oder Blut, Nadeln, Nadeln oder bleibende Spuren waren. Ist das richtig, Peter?"

"Ja, Ma'am, das ist richtig."

"Haben Sie sich heute Morgen mit der von uns besprochenen schnellen Einlaufmethode aufgeräumt?"

"Ja, Mrs. Lucy, ich habe genau das getan, was Sie mir gesagt haben."

"Bist du immer noch daran interessiert, mein Trauernder und Sexsklave Peter zu werden?

"Ja, gnädige Frau, mehr denn je."

Dann ließ er meine Haare los, während ich auf den Boden schaute.

Ich habe das Gefühl, ich bin am Boden des Pools gesprungen und habe nicht schwimmen gelernt.

"Nun, mal sehen, ob du trainiert werden kannst. Steh auf und leeren Sie alle Taschen, nehmen Sie Ihre Uhr und Ringe ab und legen Sie alles auf den Tisch!" dass sie darauf hinwies. "Dann zieh deine Schuhe aus und lege sie neben den Tisch auf den Boden."

Ich tat alles, was er mir sagte, so schnell ich konnte und als es meine erste Gelegenheit war, sah ich mich im Haus um.

Er war in der Haupthalle, nicht weit von den Stufen, die zum Keller führten.

Ich sah Dominatrix ohne Augenkontakt an und sah, dass er immer noch seinen Ledermantel und seine Stiefel trug.

Gott, sie ist noch schöner als das Foto, das sie mir geschickt hat.

Kurzes, dunkelblondes Haar mit Pony in den Augen. Ich kann es kaum erwarten herauszufinden, wie der Rest von ihr aussieht, wie ich dachte.

"Nun, Peter, du wirst alle deine Kleider für eine Inspektion ausziehen; Hände hinter deinem Kopf, Kopf runter und Beine auseinander. JETZT, verdammte Schlampe, nicht morgen!"

Ich zog mich so schnell ich konnte aus und zog mich aus, um mich zu inspizieren.

Als ich nach unten schaute, sah ich, wie mein Schwanz in der Erwartung zu wachsen begann, dass meine Träume wahr werden würden.

Gott, wie ich wünschte, er würde mich jetzt zum Laufen bringen, dachte ich.

"Als ich sagte, ich wollte, dass deine Beine auseinander sind, meinte ich es ernst. Jetzt öffne deine Beine. BREITER! Du Idiot, Idiot. Und du kannst jederzeit in naher Zukunft vergessen, einen Orgasmus zu haben. Ich werde der sein nur um festzustellen, wann Sie eine haben. "

"Entschuldigung, Ma'am ... ja Ma'am." Ich ließ los und sah meinen harten Schwanz an.

Dann zog er sich aus und umgab mich langsam.

Zuerst drückte sie eine Brustwarze und dann den Kopf meines Penis und drückte ihn fest, während sie zwischen den Zähnen stöhnte.

Sie lachte, als sie mich mehrmals testete.

"Nun, Sklave Peter, du wirst alle deine Kleider einsammeln und in den Keller gehen. Öffne die erste Tür rechts, gehe hinein und schließe die Tür. Mach kein Licht an ... Dort, in der Mitte des Raumes, findest du eine Sporttasche mit Anweisungen dazu. Gehen Sie direkt zur Tasche, lesen Sie die Anweisungen und befolgen Sie sie genau. Sie haben zwanzig Minuten Zeit, um diese Aufgabe zu erledigen, und ich werde alle Ihre Bewegungen mit der Kamera beobachten. Verstehen Sie Peter?

"Ja, Frau Lucy, ich verstehe."

"Also mach weiter, Junge, du hast schon 20 Sekunden gebraucht."

So schnell ich konnte, packte ich meine Kleidung, rannte die Treppe hinunter, öffnete die erste Tür rechts, ging hinein und schloss sie hinter mir.

"Was zum Teufel habe ich gemacht, ich bin wirklich beschissen."

Ja, ich bin definitiv in eine tiefe Kluft gesprungen.

KAPITEL II

Ich sollte nicht so schnell gehen, dachte ich mir und vergewisserte mich, dass die Tür geschlossen war.

Ich lehnte meinen Kopf an die Tür, schloss die Augen und fragte mich, ob dies wirklich geschah.

Ein 40-jähriger Profi wie ich, geschieden, erfüllte endlich seine Fantasie.

Es führte mich in eine ganz neue Welt ein.

Dort, in der Mitte des Raumes, mit einem einzigen Scheinwerfer an der Decke, befand sich ein schwarzer Teppich mit einer Sporttasche darüber, eigentlich eine Nike-Tasche.

Ich näherte mich ihr schnell und fühlte den kalten Betonboden zu meinen Füßen.

Vielleicht war er im Verlies.

Oben auf der Tasche befand sich ein gefaltetes Stück Papier mit der Aufschrift "Slave Peter", aber woher wusste ich, dass es hier sein würde?

Ich nahm die Notiz und begann sie zu lesen.

Sklave Peter

Schlampe, du wirst jetzt knien, um diese Notiz zu lesen.

Befolgen Sie die Anweisungen genau und seien Sie schnell, wenn die Zeit abläuft.

Ich kniete mich schnell hin und sah mich um, aber im Rest des Raumes war kein Licht; Nur das Licht schien auf mich, als ich die Notiz las.

1. Stapeln Sie Ihre Kleidung vorsichtig neben der Tasche.

2. Nehmen Sie jeden Gegenstand aus der Tasche und ziehen Sie sich an.

3. Setzen Sie den Kragen auf, stellen Sie sicher, dass er fest sitzt, und verriegeln Sie ihn dann.

4. Legen Sie den Gürtel an und sichern Sie alle Schnallen und den Hammerring. Jeder muss eng sein.

5. Ziehen Sie die Handgelenk- und Fußfesseln fest und sichern Sie sie mit einem Vorhängeschloss. Jeder ist markiert, wohin er gehen soll und muss fest sein.

6. Verriegeln Sie die Fußfesseln zusammen mit der 6-Zoll-Kette und den Vorhängeschlössern.

7. Schnallen Sie die Klemme an. Es ist ein weit offener Knebel und muss sehr fest sein.

8. Überprüfen Sie den Bereich und legen Sie alles, was nicht verwendet wurde, in die Tasche.

9. Ziehen Sie den Verband an und ziehen Sie ihn gut an!

10. Verriegeln Sie die Handgelenksmanschetten.

11. Nehmen Sie die Slave-Position ein und warten Sie.

Während ich die Notiz las, fiel ich auf die Knie, als ich versuchte, jeden Gegenstand in der Tasche zu finden, und warf schließlich frustriert die Tasche vor mich, als ich versuchte, sie zu finden.

Als ich alles sah, glaubte ich wirklich, dass andere kommen würden, da dies alles nicht nur für mich sein konnte.

Plötzlich kam seine Stimme aus einem Lautsprecher direkt über mir stark, tief und schwer.

"SIE HABEN 15 MINUTEN BLEIBEN."

Diese Erinnerung löste einen Panikmodus in mir aus und ich griff schnell nach meinen Kleidern, warf sie in die Tasche und schloss sie.

Dann kämmte ich mich durch den Stapel Lederstreifen, bis ich die Halskette fand.

Verdammt, es ist eine Bestrafungskette.

Ich schaute auf die dicke schwarze Halskette, die zehn Zentimeter hoch war, und fragte mich, wie ich sie anziehen würde, bis ich bemerkte, dass ein kleines offenes Schloss durch ein Loch im extra breiten Stift der Schnalle führte.

Jetzt verstand ich, wie es verwendet werden sollte und entfernte das Schloss.

Ich hob meinen Kopf, legte ihn so um meinen Hals, dass die Öffnung hinten und ein D-Ring vorne war, und befestigte ihn in einer bequemen Position.

Dann steckte ich das Vorhängeschloss in das Loch und schloss es.

Da ist das verdammte Ding da, dachte ich.

Das folgt?

Glücklicherweise hatte ich einige Zeit damit verbracht, mich mit dem Thema Dominanzspielzeug zu befassen, und mehrere Körpergeschirre in Online-Werbung gesehen, sodass ich es schnell finden konnte und nach einem Moment des Feststellens entschied, dass es sich um ein Geschirr von handelte Kofferraum.

So schnell ich konnte, bestimmte ich die Vorderseite von hinten und warf sie herum, so dass sich die Hauptringe hinten und die meisten Einstellschnallen vorne befanden.

Glücklicherweise waren die beiden Gurte, die jede Seite meines Halses umgaben, locker und dies half, die Vorderseite von hinten zu positionieren, zusammen mit der Tatsache, dass der Ring des Hahns auch von vorne hing.

Diese beiden Streifen befanden sich in einem Ring vorne und hinten auf einer Höhe direkt unter meinen Brüsten.

Von dort führte eine einzelne Schlaufe zu einem anderen Ring in Höhe meiner Hüften, und von diesem Ring auf der Vorderseite hielt eine andere Schlaufe den Penisring mit der darunter befestigten Schlaufe.

Die beiden Ringe vorne und hinten hielten die Streifen zusammen, um die Seiten von vorne nach hinten zu verbinden.

Nach ein paar Sekunden Drehen entschied ich mich, die Seitengurte des Rings unter meinen Brüsten zu verbinden und sie zu sichern, bis sie fest, aber nicht zu fest waren.

Also wiederholte ich dasselbe mit den Seitengurten an meinen Hüften.

Dies wurde langsam schwierig, da dieser Gürtel meinen Kopf hoch hielt und ich nicht genau sehen konnte, was ich tat.

Der Penisring war der nächste und er wusste, dass es nur durch Fühlen geschehen musste, ohne schauen zu können.

Gott, ich wünschte, ich hätte meine Schwanzmaße übertrieben, als Lucy danach fragte.

Jetzt ist es nicht so gut und ich hatte nicht erwartet, dass es ein Problem geben würde, bis ich den Penisring halten konnte, damit ich ihn sehen konnte.

Verdammt, es ist winzig!

Wie bekomme ich meine Stücke dort hin?

Ich machte einen Ball nach dem anderen und hatte das Glück, dass mein Schwanz in diesem Moment locker war und ich den Schaft für den verbleibenden Raum festziehen konnte.

Ein wenig Schmiermittel hätte geholfen, aber es gab keines.

Ich drückte den Penisringgurt auf den Hüftring und nahm dann den verbleibenden Penisringgurt, legte ihn zwischen meine Beine und den Rücken meiner Hüfte auf den Rücken und dann mit meinen Armen hinter mir den Ich knöpfte das Beste, was ich konnte.

Sobald ich das tat, wurde ich geil mit dem Ergebnis, dass die Schmerzen an der Basis meines Schwanzes und meiner Eier überraschend fantastisch aussahen.

Dann drückte ich jeden Griff und wiederholte den Vorgang mehrmals, bis ich das Gefühl hatte, dass sie so fest wie möglich waren.

Der ganze Prozess hielt meinen Schwanz aufrecht, bis er fertig war.

Lucys Stimme kam wieder über den Deckenlautsprecher und schien dominanter als zuvor.

"Sklave, du hast 5 Minuten später".

"Nein, das ist nicht möglich, Madam. Es kann nicht sein." Ich habe protestiert.

"Sie haben 5 Minuten. Beschleunigen."

So schnell ich konnte, zog ich mich hinein und schloss meine Handgelenke und Knöchel, um zu zeigen, wohin jeder gehen sollte.

Dann fand ich die Kette und legte sie mit Vorhängeschlössern an den D-Ringen an jeder Manschette an die Fußfesseln.

All dies war keine leichte Aufgabe, da die verdammte Kette von Strafen meine Sicht einschränkte.

Dann der Knebel!

Es war dickes Leder und hatte eine große Öffnung für meine Lippen und Zähne.

Als ich es zum ersten Mal versuchte, dachte ich, dass es einen Fehler geben muss, weil ich beim ersten Versuch meinen Mund nicht auf den hervorstehenden Ring legen konnte.

Ich versuchte es erneut und steckte meine Zähne in den Ring, aber es war schmerzhaft unangenehm.

Ich zog meinen Gürtel enger, um sicherzustellen, dass er nicht herauskam.

Gott, das Loch war groß genug für ein gutes Mitglied, aber er hoffte, dass er es niemals erhalten würde. Warum habe ich das nicht auf meine Liste der Grenzwerte gesetzt?

Nachdem ich den Verkauf gefunden hatte, nahm ich alles, steckte es in die Tasche und schloss es.

Ich schloss den Verkauf ab und als ich ihn schützte, erwachte der Deckenlautsprecher zum Leben.

"Deine Zeit ist abgelaufen. Jetzt bist du mein Sklave."

Oh Scheiße, ich habe das Schloss an meinen Handgelenken vergessen, ich habe den Knebel angeschrien.

Verzweifelt fand ich die Tasche, öffnete sie und fand nach einer scheinbaren Ewigkeit ein offenes Schloss.

Schnell, aber mit Schwierigkeiten und es musste 2 Minuten oder länger gedauert haben, konnte ich die Handschellen an meinen Rücken binden.

Dann kniete ich mich in völliger Unterwerfung nieder, meine Knie auseinander.

Ach nein! Ich habe die Tasche nicht geschlossen.

Ich kniete dort für die längste Zeit der Welt, während ich hörte, wie sich die Tür öffnete und schloss.

Es war kein Ton zu hören; Ich habe nichts gesagt.

Die Stiefel klickten auf dem Boden und ich wusste von der Bewegung der Luft über meinem Körper und dem Geruch ihres Parfüms, das in der Nähe war.

Gott roch fantastisch.

Jahre sind vergangen, seit ich eine Frau in meiner Nähe hatte.

Ich konnte das Leder an seinen Stiefeln hören, dachte ich und stellte mir vor, dass er die Tasche inspizierte.

Ich konnte das Leder riechen, das ich trug, und ich wurde aufgeregt, als ich mich unterwarf.

Plumpsen!

"Agrrrrrrrrrr", stöhnte ich, nachdem ich einen Tritt in meine Eier bekommen hatte, der mehr schmerzte als jeder andere Schmerz, den ich jemals in meinem Leben bekommen hatte.

Der unerwartete Schmerz zwang meine Knie, sich zu schließen.

"Du hast mir nicht gehorcht, du wertloses Stück Scheiße. Bring die Knie JETZT auseinander!"

Langsam gehorchte ich und zog meine Knie auseinander, wartete auf einen weiteren Schlag, aber nichts passierte.

Ich murmelte im Knebel ein ununterscheidbares "Es tut mir leid, Lady."

"Du enttäuschst mich, Peter. Du hast deine erste Aufgabe nicht bestanden, und infolgedessen wirst du erst heute Abend geschlagen und sie werden sich verdreifachen."

Party? Worüber zum Teufel redet er?

Ich dachte plötzlich und Lucy musste meine Sorge um eine Bewegung in meinem Körper gespürt haben.

"Ich werde heute Abend einige meiner Freunde einladen. Möchtest du als mein Sklave teilnehmen, Peter? Du wirst der Headliner sein; tatsächlich wirst du heute Abend der einzige sein. Nun, bist du interessiert?"

Er versuchte all diese neuen Informationen aufzunehmen, als ... er schlug ... seine Hand auf meiner linken Wange landete.

Verdammt, es tut weh.

"Ich habe eine Frage gestellt, Peter. Bist du interessiert? Wenn nicht, ist sein Job jetzt vorbei!"

So gut ich konnte, schüttelte ich meinen Kopf, um anzuzeigen, dass ich interessiert war und murmelte an dem Knebel:

"Bitte, lass mich zu deiner Party gehen, liebe Lucy."

"Okay Peter, du kannst nach Hause gehen und dich auf die Party vorbereiten, aber zuerst müssen wir uns hier und jetzt um ein paar Dinge kümmern. Du hast die Anweisungen nicht sehr gut befolgt, oder? Du hast kein Spielzeug für unsere Sitzung hinterlassen, du Halskette ist locker und ich bin so geil wie die Hölle. Eine sehr schlechte Schlampe, weil ich beabsichtige, heute Abend dafür sehr hart für dich zu sein.

Dann packte er mich an den Haaren und zog meinen Kopf zurück zu dem Punkt, an dem ich mir vorstellen konnte, dass er mein geknebeltes Gesicht mit verbundenen Augen betrachtete.

"In ein paar Minuten, meine Hure, wirst du nicht mehr so ungezogen sein", sagte er mit tiefer, dominanter Stimme.

Ich wusste, was er meinte und kniete mich schweigend hin, nachdem er meinen Kopf losgelassen hatte.

"Zuerst muss ich dich lehren, deinen Geliebten immer zu respektieren und ihm zu gehorchen."

Das Geräusch seiner Stiefel zeigte an, dass er weg war und ich hörte bald etwas auf mich zuziehen.

Also fühlte ich es an meiner Seite und ich fühlte auch, dass etwas vor mich gestellt wurde.

Seine Hand lag auf meinem Hinterkopf und öffnete den Verband, der sich langsam abnahm. Ich blinzelte mehrmals, um mich an das Licht anzupassen.

Vor mir befand sich die Seite einer schwarzen Holzbank, die fünf Fuß lang gewesen sein musste, mit schwarzem gepolstertem Leder, das ungefähr zwei Fuß breit war

Der Raum war jetzt voll beleuchtet, und als ich mich umsah, bemerkte ich alle Lederwaren und Peitschen, die an den Wänden hingen, und alle Ketten und Seile, die von der Decke hingen.

Als ich meinen Kopf nach rechts drehte, war sie es.

Oh Scheiße, sie ist so schön, dachte ich.

Sie trug immer noch schwarze Lederstiefel, aber nur ein kleines schwarzes Lederkorsett, das den Hüftbereich direkt unter ihren Brüsten bedeckte, und ein Paar schwarze Lederhandschuhe.

Ich fing sofort an zu härten.

"Steh auf, Sklave, lehn dich auf die Bank", befahl er.

Ehrlich gesagt versuchte ich aufzustehen, aber ich war steif von meinen Knien und die Bremskette an meinen Knöcheln machte es unmöglich.

So sehr er es auch versuchte, er fiel immer auf die Knie oder auf die eine oder andere Seite.

"Oh Scheiße", rief sie und ich wusste, dass sie wütend auf den Ausdruck auf ihrem Gesicht und den Ton ihrer Stimme war.

Plötzlich schien er zu springen und packte den Ring vor meinem Hals.

Verdammt, es tat weh, dachte ich mir, als ich abrupt aufstand und auf der Bank blieb und mir dabei die Knöchel trat.

Als ich stöhnte, sagte sie nur:

"Gewöhne dich daran, Junge! Heute Nacht wird es schlimmer."

Nachdem ich auf die Bank geworfen worden war, band er mich mit einem Seil vom Ring um seinen Hals an eine Öse am unteren Ende der Bank, so dass ich mich von Kopf bis Schulter über die Bank beugte.

Aus dem rechten Augenwinkel konnte ich sehen, wie meine Frau ein Lederarmband aufhob, das mit vielen anderen Riemen an der Wand hing.

Es war vielleicht drei Zoll breit und nicht sehr dick, und er war dankbar, dass das Friseurseil noch nicht an der Wand hing.

Schlag ... Schlag ... Schlag.

Sie warf den Riemen für immer gegen mein Gesäß.

Als ich versuchte, mich zu bewegen, um dem Liegeplatz zu entkommen, packte sie meine mit Handschellen gefesselten Handgelenke und hob ihre Arme, um meine Bewegung zu stoppen.

Schließlich war er fertig und seine Hand streichelte mein Gesäß, als er sich vorbeugte und meine Schulter leckte.

"Du musst mir immer gehorchen, Peter. Verstehst du?"

Ich murmelte ein AMA Ja in meinem Knebel, als er zu der Sporttasche auf dem Boden ging.

Dann zog er einen Ledergürtel mit einem schwarzen Vibrator an und dachte, er würde schauen.

Ich beobachtete sie, wie sie ihn schnell um die Taille und zwischen die Beine steckte, bis sie sich sicher und am richtigen Ort fühlte.

Dann ging sie langsam hin und her, um sicherzugehen, dass ich sehen konnte, was passieren würde, und stellte sich vor mich.

Sie hob meinen Kopf durch meine Haare und brachte den Vibrator zu meinem Knebel.

"Sklave, ich habe den kleinsten Vibrator ausgewählt, mit dem ich Sex haben muss. Ich hoffe, du genießt meine Geste. Lutsch JETZT daran, damit er gut vorbereitet und nass ist. zuerst zusammen. "

Als sie den Vibrator langsam in das Knebelloch steckte, versuchte ich ihn so gut ich konnte auf meiner Zunge zu halten und umkreiste ihn dann, um ihn zu befeuchten.

Ihn zu saugen kam nicht in Frage, aber er wusste, dass es in Zukunft eine Voraussetzung sein würde; vielleicht sogar heute Nacht.

Die Dame nahm dann das Spielzeug aus meinem Mund und stand auf, wo sie die Kette um meine Knöchel öffnete und meine Beine öffnete, bis ich daran dachte, mich in zwei Teile zu teilen.

Dann spürte ich, wie seine behandschuhten Hände die Schlaufe zwischen meinen Beinen lösten.

Sie teilte mein Gesäß, als sie langsam mein unerforschtes Gebiet betrat.

"Oh ja", rief er wiederholt, als er sich zu mir drückte und mich dann ernsthaft mit einer Hand auf jeder meiner Hüften fickte.

Ich hatte vorher nicht darauf geachtet, aber jetzt wurde mir klar, dass mein Schwanz hart war und dass er auf der Bank gerieben wurde, während mein Geliebter mich fickte.

Sie bemerkte auch mein Wachstum und eine Hand ging zu meinem Schwanz und drückte ihn fest.

"Oh, kleines Spielzeug. Es wird heute Abend allen gefallen, aber denk daran, wenn du kommst, musst du es lecken. Oh, ja, Schlampe, verdammt, oh, sehr gut."

Nach ein paar Minuten zog er sich von mir zurück und hielt mich an den Schultern, während er seinen Kopf auf meinen Rücken legte.

Sie atmete sehr schnell und er wusste, dass sie glücklich war.

"Du bist mein Peter, ganz mein, verlass mich nie. Ich habe mein ganzes Leben nach dir gesucht."

Nachdem sie mich losgebunden hatte, kniete ich mich vor sie und sah zu, wie sie alles aufschloss und nahm, was sie als Sklavin mitgebracht hatte.

Als ich völlig nackt war, nahm ich die Position einer Sklavin ein und beobachtete sie, als sie zu einem anderen Schrank ging und eine schwarze Samttasche herausholte.

Sie kam zurück und stellte sich vor mich.

"Peter, diese Tasche enthält alles, was du heute Abend benutzen solltest. Du solltest nichts benutzen, sobald du das Haus verlässt und dein Auto wird durchsucht, um sicherzustellen, dass du gehorchst. Du kannst auch von einem der folgenden verfolgt werden Meine Freunde, von Ihrem Haus zur Party, aber Sie werden es nie erfahren. Sie sollten also gewarnt werden. Sie sollten die Tasche nicht vor 17:00 Uhr öffnen und genau um 18:00 Uhr in die Garage gehen. Sie werden sich anziehen, nach Hause gehen, sich ausruhen, eine leichte Mahlzeit zu sich nehmen und Ihren Körper reinigen, bevor Sie sich für die Party Ihres Körpers anziehen. Es sind nur Haare auf dem Kopf, den Augenbrauen und den Wimpern erlaubt. Wird es von dir verlangt, mein Sklave, oder muss ich es wiederholen? "

"Ich verstehe Frau Lucy."

"Sehr guter Peter. Jetzt steh auf."

Ich gehorchte und plötzlich war sie mir nahe.

Ich konnte diese fantastischen Brüste auf meiner Brust fühlen; Seine Wärme war charmant und seine Geste war völlig unerwartet.

Sanft legte er eine Hand hinter meinen Kopf und brachte sie zu seiner, bis sich unsere Lippen trafen und sich dann trennten, als sich unsere Zungen duellierten und wir uns umarmten, während unsere Körper versuchten, eins zu werden.

Als er wegging, bemerkte er meinen Schwanz aufmerksam und lächelte.

"Oh Peter, noch eine Sache. Spiel niemals ohne Erlaubnis mit dir selbst! Jetzt mach dich bereit für die Party."

KAPITEL III

Ich schaute in der letzten Stunde zum millionsten Mal auf die Uhr und dachte schließlich, es sei fast Zeit, die Tasche zu öffnen.

Alles war so gemacht worden, wie es Lucy befohlen hatte.

Es war nur eine kurze fünf Meilen lange Fahrt von seinem Haus zu meinem, was überraschend war, da wir uns noch nie zuvor getroffen hatten.

Es war unser erstes Treffen im wirklichen Leben, das weit über das hinausging, was ich erwartet hatte, und ich wusste, dass ich in sie verliebt war und dass sie mich tun lassen würde, was ich wollte.

Gott, ich war geil, aber ich saß da und versuchte seinem Befehl zu gehorchen, nicht ohne seine Erlaubnis mit mir zu spielen.

Normalerweise spielte meine rechte Hand nach dem Morgen, der gerade vergangen war, mit allem, aber jetzt würde es nicht mehr passieren.

Schließlich war es fünf Uhr nachmittags, und ich löste die Schnur über der schwarzen Samttasche, die mir die Dame gegeben hatte.

Meine Herzfrequenz schien sich zu verdoppeln, in Erwartung dessen, was ich finden musste, und ich schloss die Augen, als ich an der Tasche ankam.

Ich spürte die Kälte von Metall und die Wärme von Leder und Gummi, als meine Hand alles aus der Tasche nahm und auf das Bett warf.

Dort, im Bett, gab es alles, was ich in dieser Nacht tragen sollte, bestehend aus einem Kragen, einem kleinen Gürtel und einem Schmiermittelschlauch mit einem Analplug.

Gott sei Dank war er klein, dachte ich, als ich ihn sah.

Sofort begann ich mich anzuziehen, indem ich die Halskette nahm und festlegte, wie ich sie tragen sollte.

Es war ähnlich wie zu Beginn des Tages, nur dass es nur zwei Zentimeter hoch war und drei D-Ringe hatte: einen vorne und einen auf jeder Seite.

Ich hatte ein offenes Schloss und, da ich wusste, wie es funktionierte, zog ich es sofort an und befestigte es so fest ich konnte, ohne mich zu erwürgen. Dann band ich das Schloss zusammen und schloss es, während ich in den Spiegel schaute, um Fehler zu vermeiden.

Dann schaute ich in verschiedenen Positionen auf den Gürtel und fand ihn schließlich.

Ich würde den Butt Plug an Ort und Stelle halten, ebenso wie meine Entbehrungen, da dieser verdammte Penisring wieder da war.

Ich stand vor dem vollen Spiegel in meinem Zimmer und bemerkte, dass mein Schwanz, da ich alle meine Schamhaare rasiert hatte, doppelt so groß war, selbst wenn ich schlaff dort hing.

Ich setzte ein Lächeln auf mein Gesicht und hoffte, dass meine Frau auch glücklich war, als sie mich wieder sah.

Die Kopfbedeckung ähnelte der Kopfbedeckung, die er früher am Tag trug.

Es sollte auf Hüfthöhe verwendet werden und hatte zwei Klappriemen auf jeder Seite, die vorne und hinten mit einem Metallring verbunden waren.

Ich befestigte diese Gurte sicher und ging dann zum schwierigsten Teil, wobei ich zuerst meine Eier und dann meinen Schwanz durch den verdammten Ring schob, von dem ich wusste, dass Lucy ihn zu klein angezogen hatte.

Als ich sie auf den Ring legte, sah ich mich wieder im Spiegel an und dachte, wie gut es sich anfühlte.

Es muss der Erfolg der Partei sein.

Meine Knie begannen ein wenig zu zittern, als ich darüber nachdachte, was ich als nächstes tun sollte, da es das erste Mal war, dass ich einen Analplug benutzte.

Ich nahm das Gleitmittel und steckte genug in das Ende, das ich sofort in das Loch in meinem Arsch und dessen Öffnung rieb.

Also gab ich so viel Gleitmittel wie möglich in den Deckel und spreizte meine Beine auseinander, duckte mich ein wenig und legte es langsam auf meinen Arsch.

Der Stecker hatte eine flache Basis, die verhinderte, dass er vollständig an mir saugte und überschüssiges Schmiermittel um ihn herum tropfte.

Es war einfacher als ich dachte und ich nahm ein Taschentuch und wischte das überschüssige Gleitmittel ab, bevor ich den Riemen des Penisringgurtes zwischen meine Beine zog und ihn am hinteren Ring anschnallte.

Das Geschirr hatte eine Tasche für den Butt Plug, aber da ich es zu spät bemerkte, ließ ich es einfach um meinen Arsch wickeln und hoffte, dass es meinen Arsch festhalten würde.

Ich überprüfte die Zeit und erkannte, dass es Zeit war zu gehen, und dann wurde mir klar, dass ich fast nackt fahren würde und ich sagte mir, ich solle keine Verkehrsregeln verletzen oder ich müsste eine Erklärung geben.

Ich hoffte, niemand würde an mir vorbeikommen oder bei mir vorbeischauen.

Meine Garage hatte einen direkten Zugang zu meinem Haus und mit dem automatischen Garagentoröffner fühlte ich mich wohl, dass meine Nachbarn nichts Ungewöhnliches bemerkten.

Gott sei Dank für die farbigen Fenster.

Ich legte ein Handtuch auf den Fahrersitz und meine Brieftasche und Brieftasche befanden sich bereits im Handschuhfach, als ich die Checkliste in meinem Kopf überprüfte.

Ich wünschte, es wäre Winter und alles wäre dunkel, aber es war ein heißer Sommertag und die Dunkelheit würde noch drei Stunden nicht kommen.

Also verließ ich das Haus, nachdem ich sichergestellt hatte, dass die Garage geschlossen war.

Was zum Teufel mache ich, es sind erst Stunden seit unserem ersten Date vergangen, dachte ich, als ich langsam nach Hause fuhr und den Verkehr beobachtete und fühlte, wie er sich in mir verband.

Ich überprüfte ständig den Rückspiegel auf die Polizei und alle anderen, die mir folgten.

Es waren keine Polizisten in Sicht, aber in einiger Entfernung schien mir ein kleiner schwarzer Sportwagen zu folgen, aber da war ich mir nicht ganz sicher.

Ah, ich habe es geschafft!

Ich habe niemanden angeschrien, aber fast als ich die Garage betrat und in die Garage fuhr.

Als ich die Garage betrat, wurde mir klar, dass ich fast fünf Minuten Zeit hatte, und da ich nicht wusste, was ich tun sollte, hielt ich an, wo ich sollte, und stellte den Motor ab.

Ich blieb dort und dachte und überzeugte mich, dass alles in Ordnung war.

Ich nahm meine Uhr ab und stellte sie neben mich auf die Bank.

Das Garagentor schloss sich hinter mir und mein Herz begann schneller zu schlagen, als mein Schwanz hart wurde.

Also saß ich in der Wärme meiner Hände auf meinen Schenkeln und wartete auf das, was sich für immer anfühlte.

Ich hörte, wie sich die Tür öffnete und sah auf die Uhr auf der Bank, dass fünf Minuten vergangen waren.

Es muss der Nervenkitzel gewesen sein, denn ich drehte mich um und sah eine Frau in der Tür auf mich zukommen.

Sie hatte die Größe eines Amazonas, aber sie war nicht fett, sie war nur groß, ungefähr so groß wie ich, dachte ich, sehr attraktives braunes Haar, das wie ein zerzauster, zerzauster Pferdeschwanz auf einem Haufen auf ihrem Kopf gesammelt war.

Und der Hund hatte die größten Brüste, die sie je gesehen hatte.

Warte eine Sekunde, dachte ich.

Ich habe das schon mal gesehen.

Sie arbeitet im Spirituosengeschäft.

Ich beobachtete sie, als sie sich der Tür näherte und sie reflexartig öffnete, um sie zu begrüßen.

"Nehmen Sie Ihre Hand von der Tür und schauen Sie nach vorne. Sie sind ein Sklave! Setzen Sie sich und gehorchen Sie." Sie fragte.

Ich nahm sofort meine Hand von der Tür und setzte mich dort hin, um zu überprüfen, was passiert war.

Sie muss eine Geliebte sein.

Sie muss gehorcht werden, dachte ich.

Die Tür öffnete sich vollständig und ich schaute nach links, ohne meinen Kopf zu bewegen, und sah mir einen schönen Satz Oberschenkel an.

Ihre unrasierte Muschi war mit einem Viertel von der Größe eines Gesichtsschals mit rotem Stoff bedeckt und an einem dünnen goldenen Seil um ihre Hüften gehängt.

Er trug eine Lederhalskette um den Hals, die weniger als einen Zentimeter groß war, und sagte Sklave in goldenen Buchstaben.

"Gefällt dir, was du auf dem Hintern siehst? Ich habe dir gesagt, du sollst dich darauf freuen."

"Ja, gnädige Frau. Entschuldigung, gnädige Frau." Ich antwortete.

Schlagen ...

Sie legte mir mit der rechten Hand Handschellen an die Seite meines Kopfes.

"Ich bin keine Dame, aber du musst mir gehorchen, bis ich meine Hausaufgaben mache. Du kannst mich als Cindy oder Cindys Sklavin bezeichnen. Verstehst du?" Sie fragte.

"Ja, Sklavin Cindy. Ich verstehe deine Hure!"

"Oh, der Sklave ist verrückt geworden", lachte er und fügte hinzu, "du wirst nicht bald lachen, Junge. Hast du jemals auf einer Party gedient?"

"Nein, dies ist mein erster Tag mit Lucy." Ich antwortete

Schlag ... diesmal landete seine Hand auf meinem Mund.

"Das war nichts im Vergleich zu dem, was kommen wird. Sie wird nur Frau Lucy heißen, es sei denn, sie ist in der Öffentlichkeit. Verstehst du?"

"Ja, Sklavin Cindy." Ich antwortete und nickte, um anzuzeigen.

Dann nahm er den D-förmigen Ring auf der linken Seite meines Halses und zeigte seine Stärke, zog mich schnell und abrupt aus meinem Auto und hielt den Ring um seine Taille, als er die Tür schloss.

Ich hatte den Stecker an meinem Arsch vergessen, der ein wenig weh tat, und ich stöhnte, um darauf hinzuweisen, was Cindy nur dazu brachte, ihren Hals zu schütteln, um mir zu sagen, ich solle loslassen.

Als ich es bürstete, fühlte ich seine Weichheit, roch sein Parfüm und für eine Sekunde dachte ich daran, darauf zu springen, aber ein Ruck an meinem Hals nahm diese Gedanken aus meinem Kopf.

Im hinteren Teil der Garage befand sich eine Tür, die sich öffnete und mich hinein führte.

Wir gingen in eine Speisekammer, in der auf der einen Seite Rasenmäher und andere Dinge standen, auf der anderen ein Fitnessstudio.

Es gab ein Fenster mit Blick auf einen sehr großen, schönen und privaten Garten, den ich bald entdecken würde und der die gesamte Rückseite des Hauses und des Grundstücks bedeckte.

Es war sehr privat und blickte auf den Hofsee, der sich etwa zehn Meter über der Küste befand.

Es würde keinen entfernten Nachbarn geben, der etwas hören könnte.

"Beugen Sie sich vor und legen Sie Ihre Hände auf die Bank", befahl er und befahl dann erneut, "spreizen Sie Ihre Beine drei Fuß auseinander."

Eine kurze Bankkette mit einem Karabinerhaken wurde am Kragen befestigt, um mich daran zu erinnern, dass ich mich nicht bewegen sollte.

Cindy teilte dann meine Beine und ließ die Rückseite der Kopfbedeckung los, um ihr Zugang zu gewähren.

"Ich habe dich im Spirituosenladen im Einkaufszentrum gesehen", sagte ich.

Schlag ... Schlag ... Schlag.

Cindy legte eine starke Hand auf meinen Arsch.

"Idiot, unser Privatleben ist unser Privatleben und sollte niemals bei einem Treffen von dir mit einem Liebhaber oder bei einem Treffen der Pain Pleasure Group besprochen werden. Verstehst du das, Peter?"

"Ja Cindy, ich verstehe. Ist das heute Abend die Gruppe, Pleasure of Pain?"

"Das nennt man Vergnügen des Schmerzes, und du solltest es niemals zur Kenntnis nehmen oder in deinem Privatleben erwähnen."

Plötzlich ... "Agggggggggg", stöhnte ich, als ich ohne Vorwarnung den Stecker zog.

"Ihr Neulinge versteht es nie richtig", sagte er, als er den Hut vor mein Gesicht hielt. "Es soll zuerst zur Geschirrtasche und dann zu deinem Anus gehen. So."

"Agggggg" ... verdammt ... sie hat ihn absichtlich geschlagen, dachte ich.

Nachdem Sklavin Cindy den Gürtel so abrupt wie möglich wieder angelegt hatte, löste sie die Kette von meiner Halskette und hob mich hoch.

Er sah auf die Uhr und sagte:

"Wir haben keine Zeit mehr wegen deiner Dummheit. Nimm zwei Fünf-Pfund-Gewichte und mache Liegestütze, bis ich dich auffordere aufzuhören."

"Hey", antwortete ich, da ich nichts verstand.

"Du Idiot, soll ich alles für dich tun?"

Dann ging er zu einem Regal unter dem Fenster und zog zwei zehn Pfund schwere Gewichte, als wären sie Federn, und machte einige Liegestütze für mich.

Ich konnte fühlen, wie mein Gesicht rot wurde von der Dummheit meiner Kommentare.

Nachdem er mir die Gewichte gegeben hatte, fing ich sofort an, Liegestütze zu machen, aber ich fragte mich, warum er das tat.

"Warum zum Teufel hebe ich Gewichte? Ich dachte du wärst hier für eine Party?" Ich sagte es Cindy, als sie von mir wegging.

Was für einen schönen Arsch sie hat.

Sie mag ein bisschen mollig sein, aber ich wette, sie ist fantastisch mollig, dachte ich.

Er blieb stehen und drehte sich zu mir um und sagte:

"Bist du dumm oder was? Gruppe. Verstanden? Und hör auf mich anzusehen! Ich bin auch eine Sklavin von Frau Lucy. "

Verdammt, eine andere unterwürfige Schlampe, dachte ich.

Während ich weiter an meinem Körper arbeitete und versuchte, meine Bauchmuskeln und Brustmuskeln wieder zum Leben zu erwecken, zog Cindy eine große blaue Leinwand aus einem Schrank und stellte sie in die Mitte des Raumes, auf den Boden, direkt vor ein Garagentor. Zum Garten.

Er beschäftigte sich damit, zwei Flaschen vor den Bildschirm zu stellen, dann eine Tonne Seil auf jeder Seite und hob auf der anderen Seite des Raumes etwas, das wie ein großes Stück Holz aussah, vom Boden und stellte es auf den Boden.

Die Rückseite des Bildschirms.

Mir wurde klar, dass es nicht klar war, denn anfangs sah es so aus, als hätte ich ein wenig damit zu kämpfen, aber es zeigte, wie stark es war, es leicht anzuheben, nachdem ich die Kontrolle hatte.

Gott, er betrügt mich, dachte ich.

Eine schöne Frau, die mit unglaublicher Kraft bereit ist.

Ich begann mein Training zu verlangsamen, sowohl wegen mangelnder Ausbildung als auch weil ich mich auf das Holz konzentrierte, das Cindy auf den Teppich gelegt hatte.

Es war nicht rau, aber es sah aus, als wäre es geschliffen und mit einem Lack versehen worden.

Die einzige große Schraube in der Mitte einer Oberfläche war das einzige, was die Glätte des Stücks störte, das zehn mal vier Zentimeter groß und etwa sechs Fuß lang zu sein schien.

Als Cindy alles an Ort und Stelle hatte, kam sie auf mich zu und sah mich mit den Gewichten kämpfen, die bereits etwa zehnmal so schwer zu sein schienen wie zu Beginn des Trainings.

Sie lachte und fuhr mit einer weichen Hand über meine Brust und meinen Bauch.

"Mmmm ... in Ordnung Junge. Bist du bereit aufzuhören?"

"Oh, bitte, ja, ich kann damit nicht mehr weitermachen. Meine Arme sehen bereit aus und mein Bizeps brennt", antwortete ich.

"Ha ha ha ... Okay, hör auf! Senke die Gewichte und stell dich in die Mitte des Teppichs vor die Tür. JETZT!"

Ich senkte sanft die Gewichte und sprang in die Mitte des Teppichs.

Als ich dort stand, konnte ich die Gärten sehen, da die Tür zwei kleine Fenster hatte.

Verdammt, ich kann sogar Maine auf der anderen Seite des Sees sehen.

Es fühlte sich wie ein heißer, schöner Tag draußen an, aber dieses Zimmer war klimatisiert und hielt uns vom Schwitzen ab.

"Öffne deine Arme, Schlampe und spreize deine Beine! Halte diese Position und bewege dich nicht!"

"Musst du mich beleidigen, Cindy? Könntest du mich nicht einfach Peter nennen?"

"Ich bereite dich nur mental darauf vor, der Partyboy zu sein, und ich schätze es wirklich nicht, dass jemand versucht, mir meinen

Geliebten zu stehlen", antwortete sie und suchte nach einer der Flaschen.

Oh, sie ist eifersüchtig!

Er drehte sich hinter mich und begann den Inhalt der Flasche auf meinem Rücken zu reiben.

Gott, es riecht nach Piña Coladas, sagte ich mir, als diese weichen Hände meinen Rücken weiter rieben.

Dann fanden sie mein Gesäß und sie kniff sie mit einem Kichern.

Dann senkte sie meine Beine weiter nach unten.

"Für den Fall, dass Sie sich fragen, Sklave, dachte unsere Dame, Sie würden einen großen Eindruck auf andere machen, wenn Sie alle aufgeregt wären und das ist es, was ich jetzt anziehe und es ist ein guter Geschmack des Sommers, finden Sie nicht? Hmm. .. du die Haut ist schön, weich und glatt. Du wirst es mögen ... mmmmm "

Dann bedeckte er meine ausgestreckten Arme vollständig mit Öl auf meinen Fingerspitzen.

Nachdem ich die Seiten meiner Brust gerieben hatte, leerte sich die Flasche und sie nahm die zweite.

Diesmal rieb sie sanft die frisch getönten Brustmuskeln und ich konnte den Ausdruck in ihren Augen sehen und wusste, dass sie mich wollte.

Sie sprang auf meinen Schwanz und meine Eier, beendete meine Beine und kniete sich dann fest, packte meinen Schwanz fest und drückte ihn, bis ich stöhnte.

Dann sah ich seine Lippen an meinem Schwanz, als er leicht an der Spitze saugte.

Es war nur die normale Bewegung eines geilen Mannes, als ich meine Hand auf seinen Hinterkopf legte, als mein Schwanz hart wurde und ich ihn in seinen Mund steckte.

Seine Reaktion war schnell, als er mein Mitglied biss und meine Eier mit seiner rechten Hand schlug.

Ich erinnere mich nur daran, so laut ich konnte zu schreien: Oh, Scheiße! ein paar mal und dann das Telefon klingeln hören.

Während Cindy sich über meine privaten Hände hockte, ging sie ans Telefon.

"Ja Ma'am, sorry Ma'am. Sie haben versucht, mir Oralsex zu geben, während Sie ihn geschmiert haben. Ja Ma'am, ich werde Ihnen ja sagen, ja. Ja, Ma'am." Das hörte ich ihn am Telefon sagen.

"Nun, Peter, die Damen sind nicht zufrieden mit all dem Lärm, den Sie gemacht haben, und als Ergebnis erhalten Sie fünfundsiebzig Wimpern anstelle der sechzig, die Sie am Tag zuvor verdient haben. Und das Beste daran ist, dass ich fünfzehn davon für Sie geben werde Performance Jetzt schrei noch einmal, wenn du willst, wenn wir diesen Raum für die Party verlassen, will die Herrin deinen verdammten Schwanz so hart wie eine Stahlstange und will, dass du kämpfst, wenn wir uns nähern. Verstehst du, Sklave?

"Ja ich habe verstanden." Ich klopfte, als ich meinen schmerzenden Schwanz und meine Eier betrachtete.

Komm schon.

Aufstehen.

Festhalten.

Ich habe versucht, sie aufrecht zu halten, aber ich hatte nicht viel Erfolg.

Cindy kniete sich vor mich und fuhr mit ihren weichen, öligen Händen sanft über meinen Schwanz und meine Eier, was sich für ein oder zwei Minuten anfühlte.

Wenn ich es mir nur ansehe, alles schmiere und es mein Mitglied streicheln lasse, geht das Leben dorthin zurück.

Sie sah erleichtert aus, als sie meinen Körper geschmiert und die Flasche auf den Boden gestellt hatte.

"Geh auf die Knie, Junge! Schnell waren wir fast zu spät!"

Dabei ging sie mir nach und fing an, an diesem Stück Holz an verschiedenen Stellen Seilstücke zu binden, so dass an den beiden

Enden jedes Seils an jeder Stelle etwa ein Fuß Seil hing Davon zählte ich acht, als ich über meine Schulter schaute, um zu sehen, was los war.

Dann hob er das Holz, knurrte unter dem Gewicht und hob es an meine Schulter.

Es war ein Joch! Es sollte wie ein Stück Fleisch behandelt werden.

"Neige deinen Kopf wie einen Sklaven und strecke deine Arme nach mir aus. Das kann sich schwer anfühlen, also mach dich bereit."

Ich tat dies und fand das Gewicht sofort so unangenehm und instabil, dass das Stück umfiel und das linke Ende auf dem Boden ruhte.

"Oh, um Gottes willen, Peter! Bist du ein Schwächling oder was? Du bist ein Idiot, oder?"

Er band das Seil schnell um meine Arme und begann mit dem Seil, das meinem Oberkörper auf meiner rechten Seite am nächsten lag, bis sich alle 4 um meinen Arm festzogen.

Ich versuchte meinen Arm zu drehen, um ihn zu befreien, aber die einzige verfügbare Bewegung war von meiner Hand.

"Jetzt sei jedes Mal vorsichtig, wenn du deinen Kopf zurücklegst, Junge, da unmittelbar hinter deinem Kopf ein Blitz im Wald ist. Jetzt trenne deine Knie, damit ich das ausgleichen kann!"

Während er gehorchte, ging er zur linken Seite und zog das Holz und seinen Arm darunter, zog es und balancierte es auf meinen Schultern.

Dann band er das Seil fest und hielt meine Arme in 4 verschiedenen Abschnitten fest, ähnlich wie auf der rechten Seite.

Oh Scheiße, es tut weh, dachte ich, als ich sein volles Gewicht spürte, ebenso wie den Butt Plug, der zum Leben erweckt worden war und mein Inneres herausgerissen haben musste.

Ich stöhnte und stöhnte ein wenig, was den Amazonas zu erfreuen schien.

"Okay, mal sehen, ob ich dir helfen kann, alleine aufzustehen, anstatt die Winde zu benutzen." Er sagte, als er anfing aufzustehen und dann folgte ich seinem Beispiel, ordnete meine Knie neu und stand dann auf.

Ich ignorierte den Schmerz in mir und stand für mich auf.

Aha, wer ist jetzt schwach, Schlampe?

Cindy hob die Ölflasche wieder auf und drückte sich dann gegen mich, damit ich ihre riesigen Brüste an meinem Körper spüren konnte und bald suchte mein Schwanz nach einem Teil davon.

"Bringst du mich später nach Hause, Peter? Du musst mich mitnehmen und ich werde es lohnenswert machen."

Meinte sie es ernst oder scherzt sie mich?

Es war egal, denn es hatte den gewünschten Effekt, mich hart und aufrecht zu machen, bis ich wusste, dass es die schwerste Erektion war, die ich an diesem Tag hatte.

Dann gab er meinem Körper eine kleine Berührung, um sicherzustellen, dass alles an Ort und Stelle war.

Nachdem sie an meinem Schwanz gelandet war, stöhnte Cindy bei dem, was sie sah.

Dann ließ er die Flasche fallen und holte das Seil.

Ich hatte zwei gewickelte Seilschlaufen, die er zu beiden Seiten von mir legte.

Es war nicht wie das dicke Nylonseil, das meine Arme festhielt, sondern kleiner als eine Wäscheleine.

Zweimal mit voller Kraft band er ein Ende jedes Seils um einen meiner Daumen und zog die Knoten fest, bis ich jedes Mal stöhnte, wenn er es tat.

Er wickelte jedes Stück Schnur ab und hielt es wie eine Zügel.

"Jetzt, wenn sie uns auf der Party anrufen, werde ich dich zu ihnen bringen und ich möchte, dass du für die Damen kämpfst, aber nicht so sehr, dass du fällst. Wir wollen, dass du dafür kämpfst, dass alle aufgeregt sind. Verstehst du Peter? Oh, Scheiße, Ich vergesse fast ".

"Ja Cindy, ich verstehe. Ich bin das wilde Tier an der Leine." Ich antwortete, als ich sie zu einem Schrank rennen sah, aus dem sie ein Stück Kette und verdammt noch mal Stahlhandschellen zog.

Sie zog ein Gummiband an, das den Manschettenschlüssel über ihrem rechten Handgelenk hielt, als sie auf mich zu lief.

"Schnell Peter, stell deine Füße zusammen!" Sie fragte und ich wusste, dass die Show gleich beginnen würde.

Er bückte sich, legte die Manschetten an jeden Knöchel und schnappte sie ein.

Das Klicken jedes Schlosses schien so laut wie ein Schrei.

Als er sich vor mich kniete, steckte er meinen Schwanz in seinen Mund und saugte ein paar Sekunden lang hart daran, dass ich mir wünschte, es würde ewig dauern.

"Das sollte ihn mehr aufmuntern", sagte sie und bewegte meinen Körper durch das Öl in ihrem Mund.

Als er aufstand, öffnete sich das Garagentor und eine Explosion heißer Luft traf unsere Körper.

Cindy passte das Stück rotes Tuch an, das ohne großen Erfolg versuchte, ihre Muschi zu bedecken, und stellte sicher, dass ihre Halskette richtig ausgerichtet war.

"Bereit Peter?"

"Komm schon, du Schlampe!" Ich antwortete.

Er sah mich an und nahm dann die zwei Fäden, die an meinen Daumen gebunden waren, drückte sie und zog mich heraus, um gegen die Nachmittagssonne zu kämpfen.

KAPITEL IV

"Verdammt ... Hör auf so schnell zu schießen", flüsterte ich Cindy zu.

Dann lockerten sich die Zügel meines Jochs und ich bemerkte, dass Cindy stehen geblieben war, als sie sich nach links zur Fiesta drehte und die drei Männer ansah, die sich näherten, jeder mit einer Rolle Seil oder Lederriemen.

Sie waren nackt, bis auf einen kleinen Lederriemen, der ihre privaten Teile bedeckte.

Alle drei waren meine Größe und mein Alter und jeder trug auch eine Halskette, die mit der identisch war, die ich trug.

"Lass uns dich hier rausholen, Sklavin Cindy. Du solltest dich sofort bei Sklave Ken melden", sagte einer.

"Nein, er ist noch nicht bereit dafür. Peter, ich wusste es nicht! Lauf! Verschwinde von hier! Jetzt!" Cindy flehte mich an.

Ich wollte mich umdrehen, um zu gehen, aber zwei der männlichen Sklaven hatten mich bereits erreicht und das Seil an meinen Daumen gepackt.

Obwohl ich die Kette zu meinen Füßen verriegelt hätte, wäre ich sowieso nicht in der Lage gewesen, fünf Schritte zu gehen.

In der Ferne bemerkte ich eine Gruppe von Frauen, die die Situation, in der ich mich befand, genau beobachteten. Vor der Gruppe stand Frau. Lucy.

Dann wurde mir klar, dass Cindy ging, nein, sie rannte mit gesenktem Kopf davon und ich glaube, sie weinte.

Worauf habe ich mich eingelassen?

Was für ein Arschloch ich bin.

Meine Situation und diejenigen, die mich hatten, brachten mich zurück in die Realität.

Grüße, Sklave Peter, ich bin Sklave James und diese beiden Herren sind die Sklaven Bob und Frank. Bitte gib uns kein Problem, Peter, und dann wird es kein Problem für dich geben. ""

"Warum gehst du nicht selbst ficken? Lass mich in Ruhe! Ich habe nichts davon mit Mrs. Lucy besprochen, also bin ich hier raus", schrie ich den Namen James an.

"Warte", sagte James zu den anderen, ohne mich anzusehen.

Dann packte er den Schaft meines Penis, der alles andere als aufrecht war, zog ihn fest und schob einen kleinen Seilknoten, der direkt hinter dem Kopf festgezogen war.

Dann zog er das Seil so fest, dass ich einen lauten und lauten Schrei ausstieß.

"Es tut dir weh, Bastard, nimm es, nimm es!" Ich schrie und kämpfte mit aller Kraft.

Als ich das tat, schaute ich über den Rasen und bemerkte, dass Frauen alles beobachteten, während sie ein Glas Wein tranken.

Es sah so aus, als wären andere nackte Sklaven da, wahrscheinlich als Diener, und sie beobachteten auch alles.

"Nach Ihrem Wissen war es Frau Lucy, die diese Situation befohlen hat. Sie sollten stolz sein, da dies am ersten Tag nie passiert ist und wenn Sie es überwinden, wird sie ein Mitglied der Elite-Gruppe mit allen Rechten. Nun, Sie Es wird unterhalten und Sie werden anderen gefallen, indem Sie kämpfen. Betrachten Sie uns einfach als Ihre Sklavenbrüder, die nur hier sind, um Ihnen heute Abend zu helfen, ha ha. Und wir bedauern wirklich, was passieren wird. Ich muss den Neuling und Wenn er nicht das Ende seines Penis verlieren will, wird er sich benehmen. "

Oh Gott, was habe ich getan?

Was machst du mit mir?

Ich sah jeden meiner Entführer an und hoffte, dass sie sich dadurch wie Scheiße fühlen würden, aber alles, was ich tat, war sie zu verärgern und sie zogen an den Riemen, die jeder an mir hatte.

Die drei sahen sich an, nickten und drehten sich zu den Damen um, fielen mit gesenktem Kopf auf die Knie und hielten den Riemen mit der rechten Hand in der Luft.

Ich sah meine drei Entführer an und fragte mich, was zum Teufel los war.

James war vor mir und hielt die Halskettenschlaufe und Bob zu meiner Linken, Frank zu meiner Rechten, jeder hielt die Halsriemen.

Ungefähr dreißig Meter in einer geraden Linie hatten die Damen unter einem großen Baldachin, um sie vor der sengenden Sonne zu schützen, eine Reihe von Stühlen aufgestellt, von denen zwei von Frau besetzt waren. Lucy und eine andere Afroamerikanerin.

Alle Frauen trugen ein einfaches und ähnliches schwarzes Kleid mit goldenen Accessoires und schwarzen Stiefeln.

Die Frau neben Lucy stand auf, drehte sich um und zeigte auf einen knienden Sklaven, der auf ihre Annäherung zeigte.

Eine große, gut gebräunte und geölte Sklavin mit langen glatten schwarzen Haaren stand auf und stand mit gesenktem Kopf vor Frau. Lucy und die schwarze Frau.

Jede der beiden Damen gab ihr einen Gegenstand, den sie in jeder Hand hielt, drehte sich dann um und ging auf uns zu.

Oh Gott, sie ist auch wunderschön, dachte ich und als ich sie mit Cindy verglich, bemerkte ich, dass sie die gleiche Größe hatte, aber in einer viel besseren Form, was alles durch ihre gebräunte und fettige Haut betont wurde.

Also habe ich es erkannt.

Sie war die Rechtsberaterin des lokalen indigenen Stammes der First Nation und selbst Indianerin.

Als ich mich umsah, stellte ich fest, dass nur diese Frau, ein paar Sklaven knieten und ich geölt war.

Keiner meiner Entführer ging.

"Oh Scheiße, verdammte Freundin. Es ist Angela. Sie wird deine Eier schneiden, wenn du es schwer hast", sagte Bob.

"Es tut mir leid, Peter, aber du bist besser als wir", sagte James, und Frank stimmte ebenfalls zu.

Ich sah die Frau an, die mit einem Hauch von Zuversicht und einem Lächeln auf ihrem Gesicht auf uns zukam.

Sie trug auch ein Stück rotes Tuch, das versuchte, ihre Leistengegend zu verbergen, aber nicht bedeckte, und eine goldene Kette, die sie um ihre Hüften und nichts als Schuhe oder Ohrringe hielt, und trug auch viel Make-up wie Cindy.

Ich bemerkte, dass er in seiner rechten Hand eine braune Peitsche hielt und in seiner linken Hand etwas war, das er nicht sehen konnte.

Als sie näher kam, ging ich weg und begann mit den angebrachten Gurten zu kämpfen, was dazu führte, dass meine drei Entführer aufstanden und mich festhielten und sich zurückzogen.

"Lass die verdammten Seile los, du Bastarde. Lass mich gehen! Lass mich hier raus! Um Gottes willen, Leute, du wirst mich jetzt rauslassen."

Ich schrie es so laut ich konnte und bemerkte, dass Angela jetzt auf uns zu lief, schwarze Haare hinter ihr tanzten und uns fast einholten.

Die heiße Sonne schien seine fettige Haut zu überschatten, was dumm war, darüber nachzudenken, anstatt zu versuchen, meiner Situation zu entkommen.

"Öffne deinen Mund, Junge", sagte sie mit tiefer, starker Stimme, als sie meinen linken Arm hielt. "Wir wollen nicht, dass die Nachbarn es jetzt hören, oder?"

"Fick dich schwarze Schlampe, ich will hier und jetzt raus!"

Mir wurde sofort klar, dass ich nichts hätte sagen sollen, hauptsächlich wegen der abfälligen Bezeichnungen ihrer afrikanischen Herkunft, aber sie lächelte nur über meine Kommentare.

"Weiter so und du bist tot, verdammtes Fleisch", flüsterte er in mein linkes Ohr. "Jetzt mach deinen verdammten Mund auf, Junge", rief sie und nickte James zu.

Der Schmerz eines starken Ruckens am Griff seines Penis, genau wie Angela meinen Kopf durch meine Haare zurückzog, so dass mein Kopf die Schraube im Holz traf, ließ mich mit offenem Mund schreien.

In diesem Moment steckte sie ein großes Stück Leder in meinen Mund, das sich sofort in einem möglichst rauen Knoten hinter meinem Kopf faltete.

"Wie geht es dieser Schlampe?" sie bellte.

So gut ich konnte, antwortete ich durch den Knebel und sagte:

"Fick dich, du dreckige Schlampe! Nimm das von mir! Ich will hier raus", und obwohl meine Antwort schien ... Hmphhh ... hmphhh ... hmphhh, war die Bedeutung für sie anders. als seine offene Hand faustete, als er versuchte, die Situation zu kontrollieren.

"James, gib mir den Gürtel und nimm dann deine zwei kleinen Freunde und die Träger und fick dich hier. Mrs. Lucy und Mrs. Samantha haben ihre Meinung über Unterhaltung geändert, um fair zu Peter zu sein, das war nie mit ihm besprochen ", befahl Angela.

"Aber ich ..." stammelte er und überlegte es sich besser.

Er nickte den beiden Assistenten zu und die beiden gingen auf den Rest der Gruppe zu.

Angela wandte sich an die Gruppe der Damen und hob ihren linken Arm mit einer offenen Hand, um 5 Minuten anzuzeigen.

Dann drehte er sich zu mir um und nahm den D-Ring vor meinen Hals, den er zog und mich zurück in die Speisekammer zog, die er vor ein paar Minuten mit Cindy verlassen hatte.

Sie legte mich wieder auf den Teppich und ging zu einem Schrank, um eine weitere Flasche Körperöl zu holen, die sie zurückbrachte und vor mir stand.

"Jetzt, Peter, haben wir nur noch ein paar Minuten, also lass mich dich auf den neuesten Stand bringen. Deine Herrin hat sozusagen die erste Wette erhöht und dir als Ticket angeboten, um schnell in den Elite-Status von Pain Pleasure zu wechseln. Du Hast du davon gehört? Nun, wen interessiert es, was du denkst? Bist du damit einverstanden, dein Sklave zu sein, Peter? Bist du damit einverstanden, als dein Sklave an der Party teilzunehmen? Das stimmt! "

Ich nickte ja.

"Nun, das löst es. Ich war besorgt, dass deine Angst real war, aber du hast einen Vertrag mit Lucy unterschrieben und von diesem Moment an kann ich nichts mehr dagegen tun. Aber du wirst für deine Explosionen bezahlen und ich werde dich dazu bringen, deine einzuhalten. Vertrag mit Ihrer Dame. Wissen Sie, wer ich bin?

Ich schüttelte wieder meinen Kopf, dann löste sie das Seil vom Kopf meines Penis.

"Dort werde ich diesen Riemen nicht brauchen. Ich nehme an, diese drei Schwachen dachten, sie würden beeindrucken; es muss eine Männersache sein. Sieht das besser aus, Peter? Tragen Sie gerne das ganze Gewicht des Jochs auf Ihren Schultern? Das war meine Idee. "" , da sie mir von ihren körperlichen Eigenschaften erzählten. Ich hoffe, es tut sehr weh, denn die Kommentare, die Sie über mich gemacht haben, tun weh und werden Ihnen zurückgegeben. "

Er schien zu wandern und Fragen zu stellen, erwartete aber nie eine Antwort, als wäre er geknebelt oder schüttelte den Kopf. Deshalb hielt ich es für das Beste, so zu bleiben und nichts zu tun.

Während er sprach, knöpfte er den Gürtel auf, den er trug, und zog langsam den Stecker aus meinem Arsch, aber er machte sich keine Sorgen darüber, meine Eier und meinen Schwanz aus dem Ring zu holen, was mich schreien und den Knebel beißen ließ.

Sobald der Deckel geöffnet war, warf sie alles auf den Bildschirm.

Seine weichen Hände wanderten über meinen Arsch, meine Eier und sanft über meinen Schwanz, der mehr als locker war als der Riemen, der daran gebunden war.

"Ist das besser, Peter?" Sie fragte.

Ich stimmte dem positiven Gefühl zu, dass sich meine Muskeln entspannten, nachdem der Stecker entfernt worden war.

Sie lachte leise und sagte:

Zu Beginn dieses Programms steht Frau Samantha, die neben Frau Lucy sitzt und gehorcht werden muss. zu 100%. Es gibt keinen Raum für Fehler bei ihr, tu einfach, was sie sagt, Peter. Verstehst du Peter? ""

Ich stimmte wieder zu und als ich es tat, sah ich, wie Angela ihren Körper mit Öl berührte und da sie gebräunt war, schien sie den Raum zu beleuchten.

Mein schwaches Glied wurde wieder lebendig, da es die Freude widerspiegelte, die er in meiner Augen von der schönen Frau vor mir sah.

Dann kam sie auf mich zu und fing an, Öl auf meine Brust, meine Brustwarzen und meine Bauchmuskeln zu reiben.

Dann packte er mein Mitglied und fing an, es zu streicheln, bis er spürte, dass seine Erektion eine Weile anhielt.

"Es ist schade, dass ich dich nicht vor Lucy gefunden habe oder dass ich nicht die bin, nach der du heute suchst, da alle Frauen, die in das Vergnügen des Schmerzes eintreten, als Sklaven einer Dame eintreten müssen, bis sie einen männlichen und einen weiblichen Sklaven finden, um zu dienen. sie. Würdest du gerne mein Sklave gewesen sein, Peter? "

Ich war mir nicht sicher, nach welcher Antwort er suchte, schüttelte meinen Kopf und seine rechte Hand traf meine linke Wange dreimal stärker als die andere.

Dann trat sie schnell hinter mich und zwang mich, mich der offenen Tür zu stellen.

Fucking Pig! Zeigst du deiner Herrin nicht Loyalität oder versuchst du nur mich zu beschwichtigen? Was für ein Idiot du bist, Peter! Jetzt können wir fortfahren und Sie werden meinen mündlichen Anweisungen folgen, ohne eine Leine benutzen zu müssen, und nichts versuchen, um dies vorwegzunehmen. Was wird passieren oder welchen Weg soll ich gehen? Wenn Sie nicht gehorchen oder keine gute Show abliefern, werde ich den Griff meiner Peitsche verwenden und ich glaube nicht, dass Sie wollen, dass ich das tue, weil ich bleibende Spuren hinterlasse. ! ""

Gerade als sie mich fragte, ob ich bereit sei, traf mich die Peitsche in den Arsch, der das versprochene Geräusch machte, aber ein überraschend angenehmer Stich, der meinen Schwanz befriedigt haben muss, da er noch mehr zunahm als zuvor.

Dann, als wir außerhalb des Gebäudes waren, fielen drei andere Wimpern schwer auf meinen schmerzenden Rücken, was mich dazu brachte, meinen Knebel anzuschreien und mich zurückzudrücken, aber mich nicht umzudrehen.

Diese Aktion brachte nur einen weiteren Schlag auf mein Gesäß und schickte mich dann nach links.

Als ich fertig war, sagte er mir, ich solle rennen, was unmöglich war, da ich angekettet war, aber Angela schien es zu ignorieren und schlug weiter auf meinen Rücken, meinen Arsch und meine Oberschenkel, während ich weiter mit meinem Knebel kämpfte und schrie.

"Gehen Sie direkt zu Frau Lucy", befahl er.

Ich schaute zwischen Schlägen und gleichzeitig schaute ich auf den Boden und suchte nach Fehlern darin, da ich nicht ausrutschen wollte und als ich meine Frau sah, ging ich in seine Richtung.

Er sprach mit einer schwarzen Dame neben ihm zu seiner Linken, von der ich annahm, dass sie Frau Samantha war und die der Zustimmung von Lucys auserwähltem Sklaven, mir, zuzustimmen schien.

Als ich mich näherte, bemerkte ich eine Holzstruktur zu meiner Rechten.

Eine Kraft?

Was zum Teufel.

"Steh auf, Sklave", befahl Angela, als sie fünf Schritte von meiner Geliebten Lucy entfernt war.

Dann näherte er sich mir und gab meinen Schwanz noch hart.

"Auf deinen Knien, wenn du vor deinem Geliebten bist!"

Ich fiel auf die Knie und bekam sofort drei weitere schwere Wimpern auf meinem Rücken, die weh taten, aber sie bereiteten mir mehr Freude als zuvor, aber ich konnte meinen erigierten Penis nicht verstehen oder sehen.

Ich hörte einen Befehl von Angela, meinen Kopf zu senken, bis er auf den Boden fiel, und ihn dort zu halten.

Das Gewicht des Holzstücks auf meinem Rücken ließ mich schreien und einen weiteren Schlag erleiden.

Dann war alles ungefähr zehn Sekunden lang still, was für immer zu dauern schien, und eine Stimme, von der ich annahm, dass sie Mrs. Samantha begann aufgrund ihrer Nähe und ihrer maßgeblichen Stimme zu sprechen.

Meine Damen, willkommen zu diesem besonderen Treffen der Pain Pleasure Group. Wir sind hier, um Lucy offiziell als unser neues Mitglied der Elite anzuerkennen und ihr zu ihrer Wahl des Sklaven zu gratulieren, was ihr sicherlich sehr gefallen wird. Damen, so gefettet und bereit für unsere Peitschen? Lucy, es gibt ein auffälliges Problem der Sklavendisziplin, von dem ich weiß, dass Sie es jetzt lösen werden. Was hast du gewählt?

"Danke, Frau Samantha, für all Ihre freundlichen Worte. Ich werde jedem zeigen, dass ich als wahrer Dominant und Profi ein Anführer aller Männer bin und sein werde, alle von uns minderwertig. Sklave Peter! Er hat seine gewählt . " Erste Bestrafung, die bei Ihrer ersten Teilnahme ausgesetzt wird: Jeder aktuelle Liebhaber und seine Peitschen werden vorgestellt, beginnend mit Lady Samantha und endend mit mir, was insgesamt elf Lektionen bedeutet, gefolgt von dem Ende, das nur ich so wie es ist die letzte Qual nennen werde etwas Neues, das Angela und ich geschaffen haben. Alle Sklaven außer Sklavin Cindy werden sofort in den Warteraum im Keller gehen, da sie die erste Bestrafung des neuen Sklaven Peter nicht sehen können. ""

Als Dominatrix endete, hörte ich ein Murmeln der Befriedigung und des Applaus, im Gegensatz zu den ersten Geräuschen, die von den Sklaven hinter jeder ihrer Geliebten stammen müssen.

Niemand hat jemals so viele Lektionen gehabt, es wurde von einem Sklaven geflüstert.

Die Dame sagte:

"Sehr gut, Lucy, was für einen fantastischen Körper dein Junge hat."

Sie haben mich nicht gefragt oder gefragt, ob ich der geplanten Unterhaltung zustimme, weil ich mehr als alles andere ihr Sklave sein wollte.

"Komm schon Peter, es ist Zeit für dich, bereit zu sein, alle Liebhaber zu begrüßen!" Befahl Angela.

Ich versuchte meinen Kopf zu heben, aber das Gewicht des Jochs auf meinen Schultern und meine Erschöpfung erlaubten mir dies nicht. Angela bat die Sklavin Cindy zu kommen und zu helfen, und beide packten ein Ende der Gabel und hoben mich leicht hoch.

Als ich aufstand, sah ich mich um und bemerkte, dass die Sklaven gingen und die Liebenden in kleinen Gruppen sich mit Wein und Snacks amüsierten, und ich dachte darüber nach, wie sehr ich einen Drink brauchte.

Ich sah Cindy an und lächelte durch meinen Knebel, um zu implizieren, dass ich wegen der unglaublichen Abfolge von Ereignissen nicht sauer auf sie war.

Er sah mir in die Augen und drückte dann sanft meinen Arm.

Angela zog mich durch einen D-Ring um meinen Hals, bis ich direkt unter dem ausgestreckten Arm des Galgens war.

Als ich dort stand, schaute ich auf und bemerkte einen Draht mit einem daran befestigten Druckhaken. Dann hörte ich einen Motor und sah, wie der Haken direkt unter meinem Kopf fiel.

Was hast du gesagt?

Suspendierung und Teilnahme und sonst noch etwas?

Ich muss mehr aufpassen.

"Cindy, löse die Saiten von deinem Handgelenk und Unterarm an der Spitze der Gabel und ich werde es an dieser tun. Wir sollten die Aufhängungsarmbänder an den Jungen und dann die

Aufhängungsstange vor ihn legen. Sobald das erledigt ist, werde ich die Gabel lösen und behalten Frau Lucy will keine Zeit mehr verlieren ", sagte Angela.

Also legten sie dicke Ledermanschetten an meine Handgelenke und ich wusste, was sie waren, da ich die Fetischwerbung im Internet überprüft hatte.

Einmal im Gange, hob Angela eine schwere Stahlstange vor mir, die ungefähr einen Meter lang war.

Es hatte Ketten mit Haken an jedem Ende, einen schweren Ring in der Mitte.

Cindy brach schnell die Haken an jeder Kette über den Handgelenken, die meine Handgelenke hielten, und als die zweite in Betrieb war, senkte Angela langsam die Stange, bis ich sie alleine hielt.

Das zusätzliche Gewicht auf meinem Körper und meinen Armen ließ mich laut in meinem Knebel stöhnen und ich bemerkte, dass Lucy mich ansah und die Gruppe, in der ich war, begann zu lächeln und zu lachen.

Angela und Cindy bewegten sich schnell, um die Gabel zu entfernen, wodurch ich mich so viel besser fühlte, und selbst nachdem sie die Stange über meinen Kopf gehoben und den Ring auf den Haken gelegt hatten, spürte ich, wie der Druck von meinem Körper abgenommen wurde.

Angela näherte sich mir und flüsterte mir zu, so dass niemand, nicht einmal Cindy, hören konnte:

"Sklave, jetzt werde ich den Knebel entfernen und dir Wasser geben, bevor die Einführung erfolgt. Wenn du dich vor der Nacht nicht gut benimmst. Es ist vorbei, ehrlich, und ich werde deine Brustwarzen schneiden. Verstanden?"

Ich nickte begeistert und sagte ja, als ich sie ansprach, die trinken und meine Brustwarzen halten wollte.

Ich bemerkte, dass sich die Stange, an der meine Arme hingen, mit mir drehte, als ich das tat, und als ich aufblickte, verstand ich, warum der Karabinerhaken eine interne Schaukel hatte, so dass er sich in jede Richtung drehen konnte.

Dann entfernte Cindy den Knebel von meinem Mund und drückte, während sie hinter mir stand, sanft ihre Brüste an meinen Rücken, was ein lustvolles Stöhnen von meinen Lippen verursachte.

Gott sei Dank, dass Angela nichts davon gehört oder gesehen hatte, sagte ich mir.

Angela brachte dann eine Flasche Wasser an meine Lippen, von der ich versuchte, alles zu schlucken, aber nur ein paar Schlucke waren erlaubt.

„Entschuldigung, Peter", sagte Angela, „aber ich kann dir nur ein paar Schlucke geben, sonst könntest du dich verkrampfen oder sogar krank werden. Oh, Cindy, großartig, du hast den Bus für deine Füße. Lass uns schnell loslegen, Peter. Denken Sie daran. Was ich über das Schreien gesagt habe. "

Zuerst schloss Cindy meine Füße mit dem Schlüssel auf, den sie an einem Armband trug, und dann griffen die beiden Mädchen schnell nach der etwa drei Fuß langen Stange und befestigten an jedem Knöchel ein Lederarmband.

In der Zwischenzeit wusste ich, warum Angela mich daran erinnert hatte zu schreien, da ich mich nicht nur von der Bar trennte, sondern jetzt in einer adlerartigen Position, die an meinen Handgelenken hing, vom Boden abhing.

Ich konnte nur meine Zähne zusammenbeißen und so leise wie möglich stöhnen.

Dann testete Angela meine Situation, bewegte sich langsam von einer Seite zur anderen und drehte mich dann einmal, um sicherzustellen, dass die Kurve funktionierte.

Als er mich ansah, sagte er:

"Sklave, Sie werden knien, bevor Sie jede Dame begrüßen, und Sie werden Ihren Kopf gesenkt haben, Ihre Augen gesenkt. Sie werden sie begrüßen, wenn sie vor Ihnen steht, und Sie werden dies tun: 'Grüße,

Frau, ich bin Lady Lucys Sklavin, Peter Dann wird sie uns befehlen, auf beiden Beinen oder in völliger Schwebe zu stehen und Ihnen formell die Peitsche und alles zu präsentieren. Alle Liebenden dürfen es tun. Sie schlagen Sie so oft Sie wollen, von den Schultern bis zu den Zehen Füße, Füße, aber für deinen Penis solltest du nur eine Peitsche benutzen. Denk daran, Peter nicht zu weinen, sonst werden sie dir schwerer fallen. Verstehst du Peter? "

"Ja Angela, ich verstehe", sagte ich, aber ich hatte Angst zu fragen, was "und andere Dinge" bedeuten.

"Sklave, ich möchte, dass du etwas für mich tust. Angenommen, du wurdest gerade getroffen, biege eine halbe Kurve nach links ab. JETZT!"

Ich musste es ein paar Mal versuchen, bis ich es richtig verstanden habe, weil ich das erste Mal zu weit gegangen bin und dann das nächste Mal nicht weit genug gegangen bin oder ganz gegangen bin.

Dann gingen sie auf Zehenspitzen und ich musste den Vorgang wiederholen, bis ich es richtig verstanden hatte.

Während ich in diese Drehtechnik eingewiesen wurde, hatte Cindy einen Tisch vor mich gestellt und darauf standen Flagellatoren verschiedener Arten und Farben und ein großes Glasaquarium, das mit Holzklammern gefüllt war.

Angela bedeutete Cindy, neben mich zu kommen, und dann wandte sich Angela an die Amas.

Verdammt, sie ist so hübsch und Cindy und all die Liebhaber, dachte ich, als Cindy wieder anfing, meinen Schwanz zu streicheln, um ihn stark zu halten, denke ich.

"Sei mutig, Peter, und es wird bald vorbei sein. Ich liebe dich, Peter", flüsterte sie.

KAPITEL V

Ein Schauer durchlief meinen Körper, während ich dort auf mein Schicksal wartete und von Cindy aufrechterhalten wurde, als sie sanft meine Männlichkeit streichelte.

Ich erinnere mich an den See und die Segelboote, die auf einem immer ruhigeren Wasserbett nach Hause kamen.

Die ersten Gedanken an den Sonnenuntergang tauchten auf und ich wusste, dass es in weniger als einer Stunde dunkel sein würde und ich fragte mich, wo die Zeit vergangen war.

"Mach dich bereit. Sie kommen", befahl Angela Cindy, als ich zur Realität zurückkehrte.

Ich hatte Angelas Rückkehr nicht bemerkt und als ich mich zu ihr umdrehte, schlug sie mich hart auf das Gesäß und lachte.

"Ich kann es kaum erwarten zu sehen, ob du es in der nächsten Stunde schaffen kannst, da es am besten ist, alle Frauen während deines Auftritts warm und nass zu halten. Jetzt, Cindy, hilf dieser Schlampe auf den Knien, bevor sie hier sind. Und Peter, erinnere dich, was ich getan habe. sagte ".

Mein adlerförmiger Körper ging mit Cindys Hilfe auf die Knie, da ich nicht sicher war, wie ich am besten in Position kommen sollte.

Auf meinen Knien hielt ich meinen Kopf gesenkt, wie Angela es befahl, aber ich wusste es von der peripheren Sicht, die sie hatte, und von ihren Stimmen, die uns jetzt anstarrten.

"Meine Damen, die Freude am Schmerz, ich biete meinen Sklaven, Sklaven Peter, für Ihre Überlegung an. Bitte verwenden Sie es gut. Nachdem Sie den Test meines nutzlosen Mannes abgeschlossen haben, wird es ein spezielles Programm für Sie geben, das Angela mit solcher Freundlichkeit vorbereitet hat, Lady Samantha , bitte seien Sie so freundlich, die Zeremonie zu beginnen. "

Alle schwiegen vor mir und ich konnte Frau hören Samantha, als sie sich näherte und selbst als sie die Zange aus der Schüssel nahm.

Eine der Damen sagte dann leise zu jemand anderem:

"Ah, der Stachel, sie wird testen."

Bejahendes Flüstern während des gesamten Meetings.

Als sie vor mir war, erzählte ich, was Angela mir gesagt hatte:

"Grüße, Ma'am, ich bin Mrs. Lucys Sklave, Peter."

"Hebe deinen Kopf und sieh mich an, Sklave", befahl er mir.

Als ich langsam meinen Kopf hob, bemerkte ich, dass sie in ihrer linken Hand zwei Wäscheklammern und in ihrer rechten eine dunkelrote Lederpeitsche hielt.

Die Peitsche sah aus wie eine kurze, gedrehte Peitsche, hatte aber am Ende eine zusätzliche Länge von neun Lederschwänzen von der Größe eines Seils, von denen jeder am Ende Knoten hatte.

Was zum Teufel, dachte ich.

So naiv ich wusste, dass die Peitsche, die er hielt, nicht die Geißel war, die Angela beschrieben hatte.

Ich sah Angela an und sie lächelte ein wenig unschuldig und zuckte die Achseln.

"Diese Schlampe wird eines Tages bekommen, wonach sie sucht."

Ich wusste, dass es mehr wehtun würde, als ich zuvor erklärt hatte, aber es würde das Nötigste brauchen, um Angela zu beweisen, dass ich es ertragen konnte.

Frau. Samantha sah diese Interaktion und lachte.

"Meine Damen, es sieht so aus, als wäre dieser Sklave nicht über alles über die heutige Show informiert worden, aber er hat zugestimmt, hier zu sein, und das wird eine gute Lektion für ihn sein. Warten wir auf einen verwirrten Sklaven!"

"Peter, Sklave, du stimmst zu, dass du allen Frauen untergeordnet bist, dass alle Frauen den Männern überlegen sind, dass du allen Frauen dienen und gehorchen wirst, egal wo du bist, und dass du lernen wirst, die Bewegung des Vergnügens des Schmerzes zu unterstützen ? "

"Ja, Frau Samantha, ich stimme zu", antwortete ich.

"Weißt du wer ich bin, Sklave und was mache ich?"

"Ja, Ma'am. Sie haben Ihre eigene Anwaltskanzlei in Maine, die ich benutzt habe, aber ich habe mich nur um Ihr Team gekümmert."

"Unsere Teilnahme an dieser Gruppe muss vertraulich sein. Verstehst du Peter und können wir uns darauf verlassen, dass es geheim bleibt?"

"Ich verstehe, dass Sie und ich immer alles vertraulich behandeln werden."

"Hast du jemals den süßen Nektar einer schwarzen Göttin, einer Sklavin, probiert und willst es tun?" Sie fragte.

"Ja, Frau Samantha, ich wünsche es."

Sobald ich diese Worte erwähnte, fuhr die Hand, die von der Peitsche gehalten wurde, zu meinem Hinterkopf und drückte sie in Richtung ihrer Muschi, in der Hoffnung, dass sie von der anderen Hand freigelegt worden war, während sie das Kleid anhob.

Meine Zunge suchte sofort nach ihrem Kitzler, der heiß war und in sexuellen Säften schwamm, und als ich ihn leckte, fühlte ich, wie er hart wurde und wuchs.

Ohne um Erlaubnis zu bitten, drehte ich meinen Kopf leicht, öffnete meinen Mund um ihr Geschlecht und begann, alles mit zunehmender Geschwindigkeit aufzunehmen.

Für ein paar Sekunden schlug sie mir ihre Muschi ins Gesicht und schob mich dann weg.

"Oh, Schlampe", rief er und schlug mir mit der Peitsche ins Gesicht. "Lucy, du hast es sehr gut gemacht ... nicht nur der Körper dieses Fuchses wurde geschaffen, um uns zu dienen, sondern ich denke, ihr Verstand ist auch bereit, uns zu dienen."

Frau. Samantha trat einen Schritt zurück und als sie den Sklaven ansah, sagte Angela: "Fertig" und gab Cindy die beiden Wäscheklammern.

Ich wurde vollständig vom Boden abgehoben, vollständig in dieser ausgedehnten Adlerhaltung aufgehängt, vor dem Kopf dieser Pain Pleasure Group.

Ich bemerkte, dass Cindy ein wenig nachdenklich auf die Wäscheklammern schaute und dann eine auf meine linke Brustwarze und die andere auf meinen Eierbeutel legte, was ein leises Stöhnen auf meinen Lippen verursachte.

Zufällig sah ich Samantha an, die für mich unglaublich wild aussah und fühlte, wie mein Schwanz hart wurde.

"Sieh mal, meine Damen! Die Schlampe zollt mir schon ihren Respekt."

Unmittelbar nachdem er dies gesagt hatte, schlug er mich hart auf den rechten Oberschenkel und dann wieder auf den linken, was mich dazu brachte, in meinen Fesseln zu kämpfen, aber kein Geräusch zwischen zusammengebissenen Zähnen zu machen.

"Angela, dreh dich bitte um", befahl Samantha.

Angela zischte mir dann so laut ins Ohr, dass jeder es hören konnte.

"Dreh dich um, du Schlampe, und sei schnell."

Mit all meiner Kraft drehte ich mich schnell so sanft wie möglich um und dachte die ganze Zeit über an Angela und sagte mir:

"Ich werde diese Schlampe für mich haben."

Sicherlich könnte es unter anderen Umständen etwas angenehmer sein.

Als ich die Schicht beendet hatte, sah ich Angela in die Augen und versuchte sie ohne großen Erfolg zu töten.

Also gab mir Samantha mit der Peitsche zwei harte Wimpern auf den Rücken, und dann wusste ich, warum sie ihn als Stachel bezeichneten.

Es war, als könnte ich bei jedem Schlag die neun Schwänze der Peitsche in meinem Körper spüren, aber ich hatte immer noch ein Kribbeln, das fast mehr zu erfordern schien.

Als mein innerer Kampf abgeklungen war, hörte ich Samantha sagen: "Fertig, Angela?" und dann hörte ich eine Stille von der Menge der Frauen, die sich in der Nähe versammelten.

Ich schaute nach unten und sah, wie Angela sich zu mir beugte und meinen Schwanz direkt an ihren Mund brachte, arbeitete, bis sie verstand, wie sie es wollte und hob dann ihre rechte Hand.

In diesem Moment explodierte meine Welt mit einer Reihe starker Schläge auf Angelas Gesäß und Zähne und drückte seinen Schwanz so fest, dass ich dachte, sie würde ihn abschneiden.

Ich habe nicht geschrien, aber mein Stöhnen zwischen den Zähnen fühlte sich an, als würde ich auf Dreck kauen.

Während Angela in dieser Position der totalen Sklaverei kämpfte, biss sie weiter in meinen Penis, bis Mrs. Samantha spricht:

"Angela, hör sofort auf. Du wirst später für diese Explosion bestraft. Was zum Teufel hast du dir gedacht, Frau?"

Dann stand ich auf und wandte mich mit Cindys Hilfe an die Gruppe und kniete mich wieder hin.

Während sie den Kopf senkte, sprach meine Dame mit der Gruppe:

"Als nächstes unser Gast von außerhalb des Distrikts, Frau Victoria, die beim Aufbau unserer lokalen Gruppe geholfen hat. Frau Victoria, bitte."

"Grüße, Ma'am, ich bin Mrs. Lucys Sklavin", sagte ich, als sie vor mir stand.

"Hebe deinen Kopf, Junge! Weißt du wer ich bin?"

Als ich meinen Kopf hob, bemerkte ich wieder die beiden Wäscheklammern, aber diesmal hielt seine rechte Hand eine kleine Peitsche und mein Herz sank, aber es nahm mir nicht die Männlichkeit, da ich irgendwie hart blieb.

Ich sah einer reifen Frau in die Augen, die immer noch sehr schön war und den Körper von jemandem hatte, der viel jünger war.

"Sie sind Mrs. Victoria. Ich habe E-Mails mit Ihnen ausgetauscht, als ich mich Ihrer Rollenspielgruppe angeschlossen habe, aber ich war nie gut darin und habe aufgegeben. Entschuldigung, Ma'am."

Ehrlich gesagt hoffte er, dass er sie nicht verärgert hatte, während er seinen Kopf senkte.

"Steh auf und dreh dich um", befahl Angela mir.

Zuerst gab er die beiden Wäscheklammern an Cindy, die, nachdem sie sie wieder angesehen hatte, die Augenbrauen hob und beide auf meinen Penis legte: auf die Haut zu beiden Seiten der Eier an der Basis.

Dann kamen fünf harte Wimpern auf meinen Rücken und meinen Arsch, als ich stöhnte und in meinen Fesseln kämpfte.

"Ausgezeichnet, ausgezeichnet", erklärte Frau Victoria, bevor ich in meine kniende Position zurückkehrte.

Und so war es, mit unterschiedlichen Strafen von all diesen mächtigen Frauen, jede von ihnen wurde von meiner Dame gerufen.

De Nellie, Highschool-Lehrerin, Flora, Seifenopernschauspielerin, Jane, Ärztin, Jemina, Geschichtslehrerin, Rosie, Künstlerin in einer Talentshow, Laura, die Besitzerin des Fernsehsenders, der mich auf ihre Insel eingeladen hat.

Es gab zwei Ausnahmen, auf die ich noch näher eingehen werde: Clara, die Moderatorin eines Kabelnachrichtensenders, und Celine, das Wettermädchen auf demselben Kanal.

Wenn Frau. Clara wurde gerufen, sie schlug eine große schwarze Peitsche an ihrem Oberschenkel und blieb direkt vor mir stehen und berührte fast meinen gebogenen Kopf.

"Grüße, Ma'am, ich bin Mrs. Lucys Sklave, Peter." Ich stotterte ein wenig wackelig und verängstigt, als ich die Peitsche an ihrem Bein schlug und wusste, dass ich sie spielen sehen konnte.

"Heben Sie Ihren Kopf, Sir. Wissen Sie, wer ich bin?"

Der Herr wurde abfällig gesagt, damit alle es hören konnten.

Als ich meinen Kopf hob und zum ersten Mal im wirklichen Leben schaute, stellte ich fest, dass ich noch schöner war als im Fernsehen.

Er hatte einen gut angepassten Körper, für den er sterben konnte, und sein Haar war derzeit an der Schulter dunkelblond, und nach dem, was er gelesen hatte, übertraf sein Gehirn die meisten Männer.

"Ja, Frau Clara, Sie sind eine Referenz in Cable."

Als ich das sagte, bemerkte ich, dass sie nichts achtete, was ich sagte, sondern Angela ansah.

Ich drehte meinen Kopf zu Angela und bemerkte, dass sie Clara ansah, lächelte und ihre Lippen leckte.

"Dieses Mädchen ist auch ein Witz, aufgeregt und alles geht", dachte ich an Angela und lachte leise laut.

Leider Frau Clara dachte, ich würde sie auslachen und schlug mich.

"Lady Lucy! Ihr Schwein wagt es, mich auszulachen. Was wird er dagegen tun?"

"Ich entschuldige mich, Clara. Angela, nimm die Pinzette und lege sie auf den Bastard. Jetzt!" Sie fragte.

Als Angela zum Tisch ging, um die Zange aufzuheben, fragte sie Lucy, wie sehr sie wollte, dass sie platziert wurden, und Lucys Antwort war:

"Wenn du sie nicht mehr drücken kannst, sind sie perfekt."

"Frau Clara, ich hoffe, Sie haben Ihre Zustimmung", fragte Lucy.

"Bleib auf Zehenspitzen!" Sagte Clara als sie Cindy die Clips reichte.

Angela befahl Cindy dann, alle Wäscheklammern von meinen Brustwarzen zu entfernen und sie auf meinen Schwanz zu legen, wenn ich aufstand.

Cindy sah mir nicht in die Augen, als sie die vier Wäscheklammern entfernten und sie auf meinen Schwanz übertrugen, und dann wurden Claras Wäscheklammern auf meine Eier gelegt.

Zu dieser Zeit war mein Penis auf jeder Seite fast vollständig von den Stiften bedeckt.

Dann machte Angela lächelnd und freundlich mit den Clips, was er wollte.

Jede Klammer bestand aus zwei flachen Metallstangen mit Schrauben an jedem Ende, die von Hand angezogen werden mussten.

Nachdem jeder gelöst war, platzierte sie eine Klammer über einer Brustwarze mit einer Stange auf und ab, und dann zog Cindy die Brustwarze aus der Klammer, während sie sie drückte.

Sobald die beiden enthalten waren, fühlte ich mich ein wenig erleichtert, als nur Cindy, die sie abzog, Schmerzen verursachte.

"Jetzt werde ich dich quetschen, Schlampe", sagte er, als wir uns beide ansahen.

Als ich sie drückte, wurde der Schmerz unerträglich.

Ich hatte noch nie so starke Schmerzen, aber verdammt noch mal, ich würde dir nicht das Vergnügen bereiten zu schreien, denn genau das wollte Angela von mir.

Clara befahl mir, mich umzudrehen, was ich sehr schätzte, denn nachdem all meine TV-Fantasien über sie gebrochen waren, weil ich wusste, dass ich das andere Geschlecht bevorzugte, wollte ich nicht, dass sie mich schlug und die Demütigung spürte.

Tatsächlich war sein Schlag mit der Peitsche schmerzhaft, aber aufregend.

War es wegen meiner Demütigung?

Mit Frau. Celine, wir haben das Prügelstadium nie erreicht.

Nach der Nahaufnahme und meiner Präsentation schaute ich auf ihre Schönheit und lächelte und sagte, dass ich sie jedes Wochenende jahrelang gesehen habe, während ich den lokalen Wetterbericht präsentierte und preisgab, dass ich in sie verliebt war und sie fantastisch fand.

"Willst du dein Wettermädchen testen, Peter?"

"Es wäre eine Ehre, Madam", antwortete ich und legte dann meinen Kopf zwischen ihre Beine, als sie das Kleid hob.

Es war heiß und feucht und sie brauchte einen Orgasmus.

Meine Zunge arbeitete hart an ihrem Kitzler, als sie ihren Körper gegen mein Gesicht pumpte.

Als es total geschwollen war, konnte ich es mit meinen Lippen halten, als meine Zunge durch es lief.

Es dauerte nicht lange, bis sie mit einem Orgasmus stöhnte und die Säfte der Liebe mein Gesicht bedeckten.

Dann trat er einen Schritt zurück, ließ die Peitsche fallen, näherte sich meiner Dame und fragte scherzhaft, ob er mich an sie verkaufen würde.

Nachdem ich jedem der Liebenden meine Einführung gemacht hatte, kniete ich mit gesenktem Kopf nieder und wusste, dass Lady Lucy vor mir war.

"Grüße, Mrs. Lucy. Ich bin dein Sklave, dein Sklave Peter."

"Hebe deinen Sklaven vom Kopf"

Als ich das tat, wusste ich, warum sie in dieser Nacht dort war, weil ihre Schönheit faszinierend war und ich sie wirklich liebte.

Er hielt keine Pinzette, aber er hielt eine kleine Peitsche in der rechten Hand, von der ich sofort wusste, wofür sie war, weil er in der linken Hand einen Knebel hielt.

- Sklave gut gemacht. Ihre Verhandlung wird bald vorbei sein und die Damen haben zugestimmt, dass Sie den Knebel anziehen dürfen, damit Sie bei Bedarf für den Rest der Nacht schreien können. Jetzt legte Angela den Knebel voll auf diesen Kerl. ""

Angela nahm den Knebel und schob ihn sanft in meinen Mund und hielt den Knebel fest, nachdem sie meinen Kopf gedrückt hatte.

Die Damen sahen sich das alles an, besonders als sie mir beim Aufziehen der Armbinden half und ich zum ersten Mal in der Lage war, im Knebel zu schreien.

Sie ließen mich in völliger Suspendierung, damit jeder sie sehen konnte.

Als Angela befohlen wurde, die Klammern zu entfernen, beobachteten die Damen mit großem Interesse meine Reaktion darauf, jede zu entfernen, während sie schrie und versuchte, meine Brustwarzen zu trösten.

Dann erschien Lucy und stellte sich vor mich.

"Bitte, Peter, zeig allen, dass du mein Sklave bist. Jetzt werde ich alle deine Wäscheklammern mit meinem Spielzeug entfernen und nicht sehr sanft. Alle beobachten deine Reaktion auf das, was ich tue, also lass es uns gut machen . "

Ich schüttelte meinen Kopf und schloss meine Augen, entschlossen, nicht mehr zu schreien, als die Peitschenschwänze überall dort landeten, wo eine Wäscheklammer platziert worden war, aber die meisten befanden sich an meinem Schwanz und meinen Bällen.

Ich stöhnte und versuchte, der Peitsche zu entkommen, bis sie schließlich aufhörte und ich meine Augen für einen lächelnden Liebhaber öffnete.

"Sehr gut, Peter", sagte sie und sprach dann die Gäste an. "Es wird eine kurze Zeit bis zur Präsentation der endgültigen Suspendierung dauern. Könnten Sie mich bitte mit einem Glas gekühltem Wein von meinem Grundstück begleiten, während die Mädchen die letzte Unterhaltung für den Abend vorbereiten?"

" Worüber zum Teufel redet er?", Dachte ich.

Die endgültige Aussetzung? Wirst du mich hängen?

Dann ließen sie mich auf den Boden fallen und sagten mir, ich solle knien, während Angela und Cindy sich auf Folgendes vorbereiteten: Mein Tod?

Ich war zu müde, um etwas zu tun, selbst wenn die schwere Stange vom Kabel getrennt und hinter mich gelegt wurde.

Als ich meinen Schwanz betrachtete, sah ich, dass er schwach hing und ich wusste, dass selbst Viagra in diesem Moment nicht sehr nützlich sein würde.

Erstaunt sah ich, wie Angela und Cindy eine Art Motor aufstellten, den sie mit dem Kabel verbanden, und nachdem ich ihn angeschlossen hatte, testete ich ihn, um sicherzustellen, dass er funktionierte.

Dann wurde die Stange, die die Ketten an meinen Handgelenksmanschetten hielt, an die Unterseite des Geräts geklebt und alles wurde angehoben, indem ich angehoben wurde, bis ich wieder aufgehängt wurde.

Diesmal lösten sie die Trennstange an meinen Knöcheln und entfernten sie, als sie mich auf meine Füße stellten.

Cindy legte dann schwere Ledermanschetten an meine Schenkel, knapp über meinen Knien, und als beide befestigt waren, wurde ich in eine sitzende Position gesenkt.

Ich fühlte mich überall taub und hatte keine Angst, mir selbst Schmerzen zuzufügen.

Dann wurde eine Kette von jeder Oberschenkelmanschette an die obere Stange gebunden und festgezogen, bis es sich anfühlte, als würde ich mit gespreizten Beinen sitzen, während das Kabel mich auf etwa fünf Fuß über dem Boden anhob.

"Cindy, lass es uns vor der Abschlusspräsentation ausprobieren."

Angela erwähnte es leise und nahm ein elektrisches Kabel, das an das Gerät über mir angeschlossen war.

Was wie eine Art Steuerbox aussah, war mit dem Kabel verbunden, über das Angela ihre Finger fuhr.

Sie drehten mich zuerst im Uhrzeigersinn und dann in vollen Umdrehungen mit verschiedenen Geschwindigkeiten gegen den Uhrzeigersinn und dann sprang ich auch auf und ab.

Zufrieden befahl Angela Cindy, das letzte Stück vorzubereiten, das ich von oben beobachtete.

Sie trugen eine runde, schwere Stahlstange mit einer Länge von über zwei Metern zu einer Position direkt unter mir und schraubten sie in ein in Beton eingebettetes Entwässerungsloch in Bodennähe.

Nachdem Angela sichergestellt hatte, dass es fest und frei von losen Bewegungen war, nahm sie einen Edelstahlkegel aus einer Schachtel und begann, ihn oben auf die Metallstange zu schrauben.

Zu der Zeit passierte dies alles direkt unter meinem Körper, also schaute ich mir genau an, was getan wurde und was ich dachte, was passieren würde, was eine Sitzung schwieriger Kämpfe meinerseits auslöste, weil ich es nicht wollte. sei ein Teil davon.

Angela nahm sofort die Basis meiner Eier, drückte sie und schlug mit der rechten Faust so fest sie konnte auf den Eierbeutel, den sie hielt, und ließ sie im Knebel schreien, denn alles, was ich sehen konnte, waren glänzende schwarze Flecken auf dem vor meinen Augen.

"Hör auf, Peter, oder ich werde dich so lange schlagen, bis du ohnmächtig wirst. Verstanden?" Fragte Angela.

Ich hörte auf, aber aus zwei Gründen, von denen einer Angelas Bedrohung war und der andere die Tatsache, dass mein Körper völlig erschöpft war.

Ich konnte es nicht mehr ertragen, weil die Suspendierung mich daran hinderte und ich wusste, dass ich für den Rest der Nacht hier bleiben würde, um die Schmerzen zu ertragen.

Ich versuchte zu Atem zu kommen, während ich mir den Kegel genauer ansah.

Obwohl es schwer zu sagen war, war die Oberseite abgerundet und schien einen Durchmesser von etwa einem halben Zoll zu haben.

Dies nahm ungefähr zehn Zoll in der Länge auf einen Durchmesser von ungefähr zwei oder drei Zoll an der Basis zu, was mir ungefähr zehn Fuß schien.

Cindy bedeckte dann alles mit einer dicken Schicht Gleitmittel und begann, eine beträchtliche Menge auf ihre Fingerspitzen zu legen, meinen Anus damit zu reiben.

Sie lachte, als sie spuckte und versuchte, ihre Finger in mich zu stecken, was plötzlich in mir landete und mich nach Luft schnappen und stöhnen ließ.

Während sie sich um meinen Arsch kümmerten, schloss Angela einen CD-Player an und testete schnell ihren ausgewählten Song für dieses verdammte Ereignis, das sie kreierte und das sie hoffte, eines Tages in Form von Sachleistungen zurückkehren zu können.

Ich erkannte das Lied sofort ... und ich wusste, dass sein langsames Tempo alle Damen aufregen würde, aber es würde mir große Schmerzen bereiten.

Der CD-Player wurde auch an die Steuerbox des Geräts angeschlossen.

Angela hatte die ersten Instrumentalstäbe des Songs vorab aufgenommen und spielte nun, um die Aufmerksamkeit der Damen darauf zu lenken, dass sie bereit war.

Ich sah zu, wie die Damen kamen und ungefähr anderthalb Meter im Halbkreis um mich herum standen und sah, wie Angela Mrs. begrüßte. Lucy, als sie die Musik ausschaltete.

Meine Damen, dies ist eine kurze Präsentation, die Angela erstellt hat und die sie The Suspension Final nennt. Mein Sklave Peter wurde erst vor ein paar Minuten darüber informiert und es ist eine gute Möglichkeit für meinen Sklaven zu wissen, dass er immer das Unerwartete erwarten muss. ""

"Du kannst Angela weitermachen", sagte Lucy.

"Danke, Lady", antwortete Angela. "Ich hoffe, Sie genießen die Show, die ich Final Suspension nenne, und alle Männer müssen die Leistung im Prazer da Dor ertragen."

Dann drehte sich Angela um und ging zur Kontrollbox und schaltete ein paar Schalter ein, was dazu führte, dass Cindy sich bückte und meinen Körper zum Kegel führte, der nur wenige Zentimeter von meinem Hintern entfernt eintrat.

Ich schrie den Knebel mit diesem Eindringen an und bemerkte gleichzeitig, dass alle Damen ihre Arme gehalten hatten und diese Demütigung meines Körpers genau beobachteten.

Dann begann die Musik und in der ersten Minute stieg mein Körper einen Zentimeter nach oben und ein oder zwei Zentimeter nach unten und ging die ganze Zeit zur Musik auf und ab.

Die Damen, Arm in Arm, schienen auch dem Rhythmus der Musik so gut wie möglich zu folgen.

Ich hörte sie auch Dinge schreien wie "Das muss allen Männern passieren", "Frauen herrschen", "Männer sind Abschaum", "Lebe das Vergnügen des Schmerzes", mit Applaus und Applaus während der Musik.

Ich wusste, dass die Schlampe Angela dafür gut belohnt werden würde, aber ich konnte nichts tun, nur jedes Mal schreiend da sein, wenn ich alleine in jungfräuliches Gebiet eindrang.

Während der zweiten Minute des Liedes hätte ich drei oder vier Zoll durchdringen sollen, da ich nicht mehr auf und ab ging, aber jetzt wurde der Kegel in kleinen Bewegungen nach links und rechts gedreht.

Die letzte Minute ... war die, in der ich die ganze Minute geschrien habe, unendliche Minute, die mir schien.

Die Drehung des Kegels nahm nicht nur zu, sondern auch die Auf- und Abbewegung.

Ich konnte nur ein zustimmendes Gebrüll von der Menge hören und wusste, dass ich mit jedem Schlag das Bewusstsein verlor, und schließlich hörte die Rotation mit dem Ende des Liedes auf und mein Körper fiel in den Kegel; mein Gewicht so niedrig wie ich konnte.

Also schrie ich lauter als je zuvor in meinem Leben und wurde ohnmächtig.

***

Als ich aufwachte, war ich allein ... niemand war da.

Der Tag war zur Nacht geworden, aber die Lichter an Haus und Hof lieferten genug Licht, um zu sehen, wo er war.

Während ich unter dem Galgenrahmen lag, warf jemand eine Decke über meinen Körper und sah sich um. Es gab keinen Hinweis darauf, dass irgendeine Sitzung stattgefunden hatte.

Hättest du dir alles vorgestellt?

Dieser Gedanke änderte sich, als ich versuchte mich zu bewegen und den ganzen Schmerz in meinem Körper spürte.

Er war frei von meinen Krawatten und meinem Knebel, nackt im Gras und hatte keine Ahnung, was er tun sollte.

Musik und Lachen kamen aus dem Haus, aber ich wollte nichts davon wissen und ging, um aufzustehen, zum Eingangsgebäude, wo ich vorbereitet war.

Ich stolperte über das Gebäude und fand den Weg zu meinem Auto, in das ich schnell einstieg und starten wollte, aber ich konnte die Schlüssel nicht finden.

"Steig aus dem Auto der Jungs!"

Ich sah auf und sah Cindy in einer weißen Bluse und einem kurzen Rock.

Ohne BH ist Gott schön, dachte ich, aber ich wusste, dass ich jetzt nichts mehr tun konnte.

"Hast du mich gehört, Junge? Steig jetzt aus dem Auto. Männer müssen allen Frauen gehorchen und das bedeutet Peter, jetzt wirst du hier im Auto rauskommen."

War ich zu müde, um zu streiten, oder kannten Sie meinen Platz in der Gruppe?

Wie auch immer, ich stieg aus meinem Auto und sah, wie Cindy meine Kleidung aushielt, damit ich sie tragen konnte.

„Hey, diese Klamotten gehören mir!“ Woher hast du das alles? “, Fragte ich.

"Steig einfach ein und steig ins Auto, ich muss dich nach Hause bringen und auf dich aufpassen. Mrs. Lucy war besorgt um dein Wohlergehen."

Ich war zu müde, um etwas zu sagen, und dankbar, dass mich jemand nach Hause gebracht hat.

Cindy parkte neben dem Bürgersteig und beschloss, die Garage nicht zu betreten oder zu öffnen.

Die Lichter im Haus waren an und ich wusste, dass keiner mehr übrig war, also stellte ich fest, dass meine Schlüssel genommen und das Haus irgendwann in der Nacht vorbereitet worden war.

Nachdem sie mich ins Haus gebracht hatte, brachte Cindy mich ins Badezimmer und unter die Dusche, wo sie mit mir einstieg.

Sie wusch mich und hielt mich nahe bei sich ... es war so weich und so gut, dass ich wusste, dass mein Körper bald wieder normal werden würde.

Als das Wasser auf uns spritzte, hörte ich ein lautes Geräusch im Raumbereich.

"Was war das? Ist noch jemand hier?"

"Entspann dich, Peter. Das war nur das zentrale Kühlsystem oder so. Du hattest einen harten Tag. Lass uns austrocknen und ins Bett gehen."

Sie zog und trocknete mich sanft, küsste meinen Körper dort, wo er wund oder vernarbt war, und schließlich gab sie mir einen starken Kuss auf die Lippen, wobei ihre Zunge zeigte, dass sie meinen massierte.

Oh Gott, sie macht mich an.

Nackt gingen wir Arm in Arm in das Gästezimmer, in dem alle Lichter an waren.

Ich dachte, Cindy hätte das getan.

Als wir eintraten, war ich überrascht, Mrs. Lucy nackt auf dem Bett zu sehen und nur einen schwarzen Lendenschurz zu tragen.

"Ah, hier sind meine beiden Sklaven. Sie sind beide fantastisch. Komm schon, Cindy und mach mit. Nein, tust du nicht, Peter, ich will keinen Sklaven. Deine Dienste werden heute Nacht nicht benötigt, also geh ins Wohnzimmer. Haupt jetzt! " ""

Mein Herz sank tiefer als je zuvor, als ich seine Worte hörte und mit gesenktem Kopf ging ich in mein Zimmer.

Es war dunkel, also machte ich natürlich das Licht an und Angela war auf dem Boden!

Sie war nackt mit Metallmanschetten an ihren geschlossenen Handgelenken hinter ihrem Rücken und auch an ihren Knöcheln und stand in einer unterwürfigen Position auf und band ihr langes Haar mit einem Seil fest, das an ihren Knöcheln festgebunden war.

Ein Knebel enthielt ihre gedämpften Schreie, als sie sah, wie ich ihre Schönheit assimilierte und realisierte, was als nächstes passieren würde.

Daneben befand sich eine kleine Lederpeitsche mit einem einzigen geflochtenen Schwanz, der aussah wie eine Miniaturpeitsche und oben eine Notiz.

Die Notiz war von Frau Lucy und sagte einfach:

"Denk an Peter, erwarte immer das Unerwartete."

Als ich die Peitsche hob, kehrte meine Männlichkeit stark zurück und ich wusste von diesem Moment an, dass ich nie aufhören würde, zum Vergnügen des Schmerzes zu gehören.

ENDE

SUSAN SKLAVIN

KAPITEL I

Die Sklavin Susan erwachte mit dem köstlichen Drang, ihren Meister zu stillen, war jedoch schockiert, als sie feststellte, dass sie bereits weg war.

Auf dem Kissen neben ihr befanden sich stattdessen eine Notiz, eine einzelne Orchidee und eine Geschenkkarte für ihren Lieblings-Spa-Tag.

Sie gähnte und streckte sich und las dann begeistert die Notiz.

"Ich möchte, dass du den Tag damit verbringst, dich auf mich vorzubereiten. Du musst heute nicht masturbieren, weil ich dir später alles geben werde, was du brauchst. Wir werden heute Abend beim Wohltätigkeitsball sein und dich dann benutzen." sowieso, bis ich zufrieden bin "

Susan wusste, dass die Notiz ihres Lehrers viel mehr sagte als sie sagte, weil sie ihr Herz kannte.

In drei kurzen Sätzen teilte er ihr mit, dass dieser Tag und dieser Abend zu ihrem Vergnügen und für ihn sein würden, dass es keinen Teil von ihr gäbe, den er nicht an ihre Grenzen bringen würde, und das Sie sollte alles tun, um dies zu erreichen. war so angenehm wie es für ihn nur geht.

Susan liebte es, ihrem Meister zu gefallen und er machte immer alles perfekt zwischen ihnen.

Susan stieg aus dem Bett und verwirrte ihre Haare zu einer Nadel, als sie ins Badezimmer ging.

Das Kleid, die Strümpfe und die Schuhe, die Master Robert für sie ausgewählt hatte, hingen an einem Haken an der Rückseite der Tür.

Es gab keine Unterwäsche.

Susan lächelte, wusch sich dann das Gesicht, putzte sich die Zähne und öffnete, bevor sie ins Schlafzimmer zurückkehrte, die untere

Schublade der Kommode, holte die chinesischen Eier heraus und zog das Tangahöschen aus, in dem sie geschlafen hatte.

Der Meister hatte gesagt, dass es keinen Teil davon gab, den er nicht benutzen würde.

Langsam setzte er die chinesischen Bälle wieder ein und stellte sich sofort schon den prächtigen Schwanz seines Meisters vor ...

Er zog die Jeansshorts und das gelbe Button-Down-Shirt an, das Master Robert in der Nacht zuvor getragen hatte.

Sie trug gern ihre Kleidung.

Sie konnte es so an sich fühlen.

Er zog seine Sandalen an, nahm die Geschenkkarte und ging schnell.

KAPITEL II

Susan traf ein und stellte fest, dass Meister Robert alles mit seinen Anweisungen arrangiert hatte, wie er es normalerweise tat.

Die Frauen im Raum sagten nichts zu ihm, sondern machten einfach weiter, was sie taten.

Sie fühlte sich nicht unwohl mit dem, was die Welt als unterwürfige Beziehung empfand, da die Welt nichts über die Liebe wusste, die sie mit ihrem Meister Robert teilte.

"Ja, wir sind Meister und Sklave", dachte sie, als die Maniküristin an ihren Füßen arbeitete, "aber wir sind auch Ehemann und Ehefrau, Robert und Susan, Seelenverwandte!" Es ist egal, ob der Rest der Welt es nicht versteht.

Einfach, weil sie keine Ahnung von der wahren Liebe zwischen ihnen hatten.

Mit einer vollständigen Maniküre und Pediküre wurde sie in das Lavendel-Vanille-Bad gebracht.

Es war sein Lieblingsteil und Meister Robert wusste es.

Es war sehr schwierig für sie, sich kein Vergnügen zu bereiten, als sie sich allein im duftenden Badezimmer befand, aber sie wusste, dass ihr Meister sie heute Abend sehr mögen würde, also ruhte sie sich aus, ohne einen Orgasmus zu haben Das Badezimmer.

Schließlich drehten sie ihre Haare, wuschen sie und stapelten sie verführerisch auf ihre Köpfe, um sie mit der Haarspange zu sichern, die er ihnen bei ihrem ersten Date gekauft hatte.

Sie lächelt glücklich, als sie an das Vergnügen denkt, das es ihr bereiten wird, die Nadel aus ihren Haaren zu ziehen und zu sehen, wie sie auf seine Schultern fällt.

Es wäre eine unvergessliche Nacht.

Zu Hause schminkte sie sich.

Dann gab es die Seidenstrümpfe und die drei Zoll großen schwarzen Absätze, die sie in Italien gekauft hatte.

Er blieb dort stehen, um sich im Spiegel anzusehen.

Es fehlte etwas.

Es war ein kurzer Gedanke, den sie schnell aus ihren Gedanken entfernte.

Wenn er mehr wollte, hätte er es geplant.

Sie entfernte die chinesischen Eier, die sie den ganzen Tag am Rande des Orgasmus gehalten hatten, dann zog sie das zarte Kleid über ihren Kopf und ließ es über ihren Körper gleiten.

Sie war zufrieden mit der Art, wie sie sich im Spiegel betrachtete, und Robert würde es auch sein.

Ein Hauch ihres Lieblingsduftes und sie war bereit.

Er nahm die Orchidee, die an diesem Morgen in einer Schüssel mit Wasser schwamm, und steckte sie in den Haarknoten in seinem Nacken.

Als sie ihr Auto in der Einfahrt hörte, verhärteten sich ihre Brustwarzen und ihre Muschi begann zu pochen.

Normalerweise hätte sie mit gesenktem Nacken an der Tür auf ihren Knien auf ihn gewartet, so dass sein Körper vollständig zu ihrer Verfügung stand.

Sie war sehr besorgt.

Sie eilte die Treppe hinunter, um auf ihn zu warten.

Als er eintrat, war sie bereits rot vor Emotionen und spürte, wie sein Aussehen ihm gefiel, als er sie ansah.

„Du siehst köstlich aus, Sklavin Susan.

"Danke, Meister Robert, ich bin sehr froh, dass Sie zufrieden sind."

"Es sieht so aus, als hättest du etwas vergessen."

"Habe ich etwas vergessen?

Robert packte sie am Handgelenk und führte sie die Treppe hinauf.

Auf dem Kissen, wo sich die Notiz und die Blume befanden, befand sich ihre Halskette.

Sie war erstaunt, dass sie es vorher nicht bemerkt hatte und erkannte sofort ihren Fehler.

Meister Robert hatte den handgefertigten Halsreif für ihn mit der passenden Krawatte für ihn arrangiert.

Ihr Ausschnitt enthielt die Hälfte eines Kristallherzens, das zu der anderen Hälfte passte, die sie perfekt trug.

Er hatte es ihr an ihrem Hochzeitstag gegeben.

Wie hatte er es geschafft, es nicht zu bemerken?

Ihre Brustwarzen begannen sich zu dehnen und ihre Vagina pochte, als sie bemerkte, wie ernst der Fehler war.

Robert schnallte seinen Gürtel ab.

"Ich liebe dich, Susan, aber ich kann solche Rücksichtslosigkeit bei deiner Vorbereitung auf mich nicht zulassen."

„Ja, mein süßer Besitzer.

"Bück dich und schnapp dir deine Knöchel."

Man musste ihr nicht sagen, dass sie ihre Beine spreizen sollte, da sie bereits auf diese Weise bestraft worden war.

Meister Robert liebte es, ihre Muschi zu beobachten, wenn er sie verprügelte.

Sie packte das seidige Kleid und schob es langsam über ihre Beine bis zur Taille. Aufgrund ihrer Position rutschte sie weiter nach unten und um ihre Brüste und bedeckte ihren Kopf und ihr Gesicht ein wenig. .

Was für ein großartiger Anblick, den sie ihm zeigte, so elegant gekleidet, aber so grob sitzend.

Sie konnte sehen, wie geil sie war, wie die Feuchtigkeit in ihrer Muschi im Licht glitzerte.

Er nahm den Gürtel ab, den er bei dem Gedanken in der Hand hielt.

Es wäre eine lange Nacht.

Sie drehte sich um und ging zu ihrer Seite des Bettes. Sie kramte in ihrer Nachttischschublade und zog eine Lederpeitsche heraus, die sie oft benutzt hatte.

Es hatte einen langen Griff und neun dünne Streifen aus weichem, geschmeidigem Leder, die am Ende hingen.

Es wurde gut genutzt und geschätzt.

Er kam langsam zu ihr zurück, genoss das schöne Bild, das sie geschaffen hatte, und beobachtete die Veränderungen in ihr.

Sie atmete schwer und fand es schwierig, still zu bleiben.

"Ahhh, meine Sklavin Susan, ich werde heute Abend Spaß haben!"

Und damit verband er drei schnelle Wimpern mit ihrem Arsch, die sie vor Schmerz und Vergnügen schreien ließen.

Er trat zurück und beobachtete, wie schnell die roten Streifen auf seinem Gesäß auftauchten.

"Scheisse!" Er sagt zu ihm! "Wie werde ich mich heute Nacht zurückhalten?"

Und mit diesem Gedanken kam die Lösung sofort.

Er würde es kurz vor der Abendveranstaltung haben, nur einmal, um herauszukommen.

Sie riss ihre Hose ab, zog seinen bereits steifen Schwanz heraus und schob ihn tief in ihre Muschi, nicht zum Spaß, sondern um ihn zu schmieren.

Was er jetzt am meisten wollte, war rot, eng, glänzend und er war bereit dafür.

Zu seiner Bestürzung zog er seinen Schwanz aus Sklavens Susans tropfender Fotze und schob ihn tief in ihren wartenden Arsch.

Der Schrei von "JA!" Mit seinen Lippen fütterte er ihr Feuer und schlug wahnsinnig auf ihre erhobenen Hüften.

Er drückte sie fest und hörte nicht auf, bis er bereit war zu explodieren.

Er hörte sein eigenes Keuchen und Keuchen, als viel seidiges Sperma über ihren geröteten Arsch kam und ging.

Als er zu sich selbst kam, bemerkte er, dass er sein heißes Sperma in den zarten und begehrten Arsch seiner Sklavin Susan rieb, als sie sich immer wieder bei ihm bedankte.

"Ich werde heute Abend meinen schwarzen Smoking tragen, Susan", und damit ging er unter die Dusche, als die Sklavin Susan ihren Halsreif anzog und dann zum Schrank ging, um ihren Smoking zu holen.

Sie war sehr gründlich und überprüfte noch einmal, dass er nur auf sie warten musste, wenn er aus der Dusche kam.

Sie legte jedes Objekt auf das Bett und dachte daran, wie er es gerade benutzt hatte, wie wunderbar seine Eier ihren Kitzler trafen, als es ihren Hintern verwüstete.

Sie war so in Gedanken versunken, dass sie ihn nicht hinter sich hörte, bis er sie sanft auf den Hals küsste.

„Ich will dich nicht bestrafen, Susan, aber oh! Wie exquisit du bist, wenn ich es tue.

"Danke, Meister Robert."

KAPITEL III

Im Auto zog Master Robert den Bademantel über ihre Beine und spreizte ihre Schenkel.

Er berührte ihre immer noch tropfende Muschi, verbot ihr aber zu kommen.

Sklavin Susan wand sich auf ihrem Sitz und war froh, den Raum in so kurzer Zeit zu sehen, da sie sicher war, dass er nicht länger hätte dauern können.

Er steckte seine Finger in ihren Mund, um sie mit seiner Zunge und seinen Lippen abzuwischen, während er mit seiner anderen Hand die drei kleinen Knöpfe oben auf ihrer Bluse aufknöpfte.

"Lass es so", sagte er und küsste sie zärtlich auf die Lippen, bevor er ihr sagte, sie solle warten, bis er die Tür öffnete.

Im Raum musste sie häufig die Seite verlassen, war aber immer noch in Sicht.

Die slawische Susan unterhielt sich höflich mit den anderen Teilnehmern, ging aber wie üblich zu den ruhigeren Orten und war allein.

Meister Robert war sehr gefragt und sie bewunderte sein Verhalten in diesen Situationen, so galant, so gutaussehend.

Als sie zum Tanzen aufgefordert wurde, wandte sie sich an ihn um Rat.

Es wurde unter ihnen verstanden, dass es Zeiten gab, in denen eine höfliche Annahme erforderlich war, aber sie wartete immer auf seine Zustimmung, bevor sie zustimmte, und konnte sich fast immer darauf verlassen, dass er unterbrach, was sie tat.

Heute Abend wartete er jedoch auf seinen Meister Robert und lehnte die Angebote auch nach der Genehmigung ab.

Nach der dritten Ablehnung durchquerte er den Raum zu ihr.

"Geht es dir gut, meine Liebe?"

"Ja."

"Warum tanzt du nicht?"

"Weil ich heute Abend nur mit dir tanzen will."

"Also Susan, du wirst deinen Wunsch haben."

Er legte seine Hand um ihre Taille und legte sie sanft auf ihren Rücken, um sie auf die Tanzfläche zu führen.

Er umarmte sie und tanzte mit ihr.

Als er sie ansah, als wäre sie die einzige Frau auf der Welt, quälte er ihre Haut mit seinen Augen und überredete sie mit einem Flüstern, wie er sie später benutzen würde, an den Rand des Glücks.

"Bring mich nach Hause?" Sie flüsterte ihm zu.

Er nahm sie bei der Hand und führte sie durch die Menge.

Im Auto küssten sie sich leidenschaftlich und Sklavin Susan flüsterte den Wunsch ihres Herzens.

"Ich brauche meinen Meister Robert."

Robert knöpfte daraufhin seine Hose auf und erlaubte ihm, ihn auf dem Heimweg zu behandeln.

KAPITEL IV

In der Einfahrt, nachdem er das Auto abgestellt hatte, ließ er sie dort sitzen und genoss die Art, wie sie seinen Schwanz verschlang.

Er ließ sie gerade lange genug anhalten, um ihr Kleid über den Kopf zu ziehen und sie auf den Rücksitz zu werfen.

Dann zog er den Sitz zurück und zog die Nadel aus seinen Haaren, ließ sie über seine Schultern fallen.

Er liebte ihr dunkles Haar, wie es über ihr Gesicht und ihre Schultern fiel und wie sie ihre Fäuste füllte, als sie ihn fing.

Robert sah sie lange an und staunte darüber, wie er seinen Schwanz anbetete und ihn wie seinen eigenen Lebensunterhalt saugte.

Als sein Drang zu kommen größer war als seine Zurückhaltung, vergrub er seine Hände in ihren Haaren und steckte seinen Schwanz tief in ihren Hals.

Er ging in ihren Mund und Hals hinein und wieder heraus, mit einem tiefen Bedürfnis, das sie zu verschlingen drohte.

Die Sklavin Susan schüttelte ihre Hände und erkannte, dass ihre eigene Freilassung ihre bewirken würde.

Ein letzter Stoß tief in seine Kehle und er explodierte vor Ekstase.

Jeder Spritzer heißer Milch schüttelte ihren Körper mit einem Krampf, der seinem entsprach.

Sie waren Herren und Sklaven und doch waren sie eins.

Ein Körper ...

Ein schöner Milchkrampf ...

Eine Liebe!

KAPITEL V

Die Sklavin Susan öffnete die Augen, als Meister Robert die Tür öffnete.

Er streckte die Hand nach ihr aus und half ihr aus dem Auto.

Sie stand im Mondlicht vor ihm, dem Kleid in der Mitte des Oberschenkels, den Seidenschuhen und dem Halsband, das ein Halbkristallherz enthielt.

Mondlicht und Sterne tanzten über seine Haut und er holte tief Luft, als er sie sah.

"Komm schon meine Liebe, unsere Nacht hat gerade begonnen."

Er führte sie hinein und in den Raum, wo er die Balkontüren öffnete, um die Meeresbrise hereinzulassen.

Er nahm ihren Halsriemen, ersetzte ihn durch ihren Kragen und führte sie dann zum Bett, wo sie ihn verkaufte.

Ich möchte fühlen, wie sich dein Körper Mir hingibt ", flüsterte er.

Sie tat, was ihr gesagt wurde, und wartete dann auf ihre nächste Bestellung.

Als keiner von beiden kam, versuchte sie, ihre Atmung zu beruhigen und ihn im Raum zu hören.

Wo könnte er sein?

Was tust du?

Ihre Gedanken rasten und erwarteten seine Pläne für sie.

Sie wartete auf etwas, das für immer schien, und dachte, sie könnte ihn atmen hören, war sich aber nie wirklich sicher.

Als er schließlich dachte, dass eine Tracht Prügel wegen Ungehorsams besser sei, als eine Sekunde länger zu warten, griff er nach dem Verband, aber anstatt sie in Schwierigkeiten geraten zu lassen, sagte er: "Fass mich an."

Drei Worte, drei kleine Worte entzündeten ein Feuer in ihr, das sie noch nie zuvor gefühlt hatte.

Sofort waren seine Hände auf seinem Körper, eine auf seiner Brust und eine zwischen seinen Beinen.

Innerhalb von Sekunden krümmte sie sich zum Orgasmus, die Beine gespreizt, die Knie gestreckt, die Finger fickten ihre Muschi mit Wut zum Abspritzen, ihr Rücken krümmte sich bis nichts als ihr Arsch und ich sein Hinterkopf berührt das Bett nicht.

"Ja! Robert! Oh, mein Lehrer Robert! Ja! Ja! Ja!"

Sie war nicht ganz unter seiner Taille, nachdem sie es wieder gehört hatte:

"Schon wieder. Mach es noch einmal."

Sie rollte sich auf den Bauch und legte ihre Knie unter ihren Körper, drückte ihren Hintern nach oben, damit er es sehen konnte.

Sie vergrub ihre Finger so tief sie konnte in ihrer Muschi und masturbierte erneut zur Belustigung ihres Meisters.

Als es ankam, dauerte es viel länger als das erste.

Er erreichte seinen magischen Platz immer und immer wieder, bis er schließlich in ihren Schenkeln rannte und um Gnade bettelte.

Sie drehte sich auf den Rücken und rief:

"Robert! Oh Robert! Bitte! Bitte! Bitte fick mich jetzt!"

Er zeigte keine Gnade, als er sie packte und auf seinen Bauch rollte.

Sie erkannte seine Peitsche in dem Moment, als sie Kontakt mit ihrer Haut hatte.

"Danke, Meister! Danke für Ihre Großzügigkeit. Danke, dass Sie mir erlaubt haben zu kommen. Danke, dass Sie mich genug geliebt haben, um mich zu bestrafen, wenn ich Ihnen nicht den richtigen Respekt zeige."

Jeder Schlag erhielt die Dankbarkeit, die sie hätte ausdrücken sollen, als er sie kommen ließ.

Er konnte sich nicht mehr zurückhalten!

Er setzte sich auf sie, wie sie war, mit gesenktem Kopf und nass vor Not.

Er schlüpfte so leicht in sie hinein, dass sie dachte, er würde sie auseinander reißen.

Er packte zwei Hände voll seiner Haare und pumpte sie fieberhaft.

Sie dankte ihm noch einmal, als er das Mitglied tief in sich spürte.

Er warf sie hin und drehte sie hinein und sie drehte sich unter ihm und wartete darauf, dass er ihr gab, was sie brauchte.

Er erwischte sie durch seinen Orgasmus, verlangsamte sich nicht und hielt erst schließlich an. Er rannte auch tief in seinem Bauch.

Sie lag unter ihm, behandelte seinen Schwanz mit ihrer Muschi und flüsterte immer wieder: "Danke, danke, mein süßer Besitzer", während ihr Meister Robert faszinierendes Lob in sein Ohr flüsterte.

Das ständige Ziehen ihrer Muschi an seinem Schwanz hielt ihn aufrecht und bald bewegten sich seine eigenen Hüften wieder.

Er mochte die Art und Weise, wie seine Wünsche und Bedürfnisse zu seinen passten.

Sie gab sich Ihm so vollständig hin, dass es nie eine Zeit gab, in der einer von ihnen zufrieden war, bevor die Bedürfnisse des anderen erfüllt wurden.

Zuerst schmerzte sein Körper manchmal von seinem langen dicken Schwanz und seiner hohen Nachfrage, bevor er völlig zufrieden war, aber jetzt schmiegten sich sein Körper, sein Bauch und sogar seine Seele wie ein Handschuh an ihn und der Schmerz von Seine Liebe war erst am nächsten Tag sichtbar.

Sie war in jeder Hinsicht seine und sie war genauso glücklich wie er.

Robert war fasziniert, wie schnell er wieder für sie bereit war.

Er ließ seine Hände über ihre Arme gleiten und nahm sie an den Handgelenken.

Sie hielt sie über ihrem Kopf zusammen, als er die Nachttischschublade durchsuchte und seine Fäuste sammelte.

Nachdem sie ihre Handgelenke zusammengebunden hatte, zog sie seinen Schwanz aus ihrer hungrigen Muschi, um mit einem Seil zum Schrank zu gehen.

Er band das Seil an seine Handgelenke, um es als Riemen zu verwenden.

Immer noch mit verbundenen Augen atmete sie schwer und er wusste, dass sie es brauchte.

Er griff wieder nach der Schublade und zog einen Mundring heraus.

"Öffne deinen Mund, Sklavin Susan."

Sie tat, was er fragte, ohne zu fragen, da beide die Bedeutung ihrer Beziehung kannten.

Er steckte den O-Ring in seinen Mund und legte ihn fest um seinen Kopf.

Dann packte er sie vom Bett und brachte sie auf die Knie.

Was folgen sollte, war keine Bestrafung, sondern zum Spaß und die Sklavin Susan erkannte schnell, dass es einen Unterschied gab.

Master Robert hielt sie an den Haaren und schob seinen Schwanz durch den Knebel in die Kehle von Sklavin Susan.

Er hielt sie dort, bis sie würgte und zog es dann heraus.

Er drückte sie erneut und hielt sie fest, aber innerhalb von Sekunden würgte sie wieder.

Er nahm es heraus und wartete.

Als sich seine Atmung stabilisierte, schob er sie zurück.

Diesmal konnte sie ihn halten, ohne sich zu übergeben.

Er blies sie nicht auf, bewegte sich nicht einmal, aber er ließ seinen Schwanz in ihrer Kehle, bis sie anfing sich zu winden.

Als sich ihre Drehungen in eine Schlägerei verwandelten, zog er seinen Schwanz heraus und streichelte ihr Haar.

"Sie ist meine Tochter!" Sagte er stolz. "Sie ist mein süßes Mädchen."

Diese zarten Worte ließen Sklavin Susans Brustwarzen ziehen und ihre Muschi vor Not befeuchten.

Meister Robert trainierte seine Odaliske, um sein ganzes Geschlecht ohne Knebel zu nehmen.

Es war eine Frage der Geduld und Übung, aber es wurde immer besser.

Es gab Zeiten, in denen sie nie erstickte und als es geschah, wurde er gut belohnt.

Meister Robert bewegte das Führstrick über ihren Kragen und ließ sie sich wieder hinlegen.

"Soll ich Susan sklaven?"

Ja, seine Antwort war ein Nicken.

"Brauchst du mich, Susan, Sklave?"

Wieder ja.

"Sollen wir sehen, ob dies der Fall ist?"

Robert band das Seil an das Kopfteil und ließ das andere Ende ein Seil bilden, das er über seinen Kopf und um seinen Hals schlüpfte.

Dann begann er, die Bedürfnisse seiner Sklavin Susan zu messen.

Zwischen ihren Beinen rutschte er in eine Position, um ihren pochenden Kitzler an ihren Mund zu bringen.

Er saugte sie sanft, genauso wie sie ihn saugte, wenn er sie saugte.

Sklavin Susans Hüften begannen zu rollen und zu schieben.

Sie konnte nicht mit dem Mundring sprechen und schnappte einfach nach Luft und stöhnte.

Als sie kurz davor war abzuspritzen, zog er sich zurück, zwang sie, auf ihn zu rutschen und festigte folglich ihren Hals am Seil.

Meister Robert ließ sie sich exquisit fühlen.

Er leckte es langsam von ihrem Hintern zu ihrem Kitzler und zog dann mit seiner Zunge faule Kreise um ihren Kitzler.

Was er ihr angetan hat, war ärgerlich und doch sehr wundervoll, bis er sich wieder zurückzog.

Sklavin Susan rutschte nach unten, um den Druck, den sie brauchte, von ihrer Zunge auf ihren Kitzler zu bekommen.

Oh, wenn sie jetzt kommen könnte!

Jetzt, da das Seil fest war und es nicht mehr locker war, stand Master Robert auf und vergrub seinen harten Schwanz in der tropfenden Muschi von Sklavin Susan.

Er schob ihre Beine zurück und küsste sie tief, traf die Stelle, die ihr so viel Freude bereitete, biss in ihre Brüste, die ihm gehörten, und saugte ihre Brustwarzen immer härter, aber als sie anfing zu zittern und unter ihm zu stöhnen, sie kam vom Zurücktreten zurück und gab ihr nur ihren Eichelkopf und sonst nichts.

"NEIN!" Sie dachte.

Die Augenbinde, der Mundring, sie konnte weder sehen noch sprechen, um um Gnade zu bitten oder ihm ihre Not zu sagen, also legte sie ihre Absätze auf das Bett und zwang sich vom Bett zu ihrem Schwanz, den sie so sehr liebte.

Sie konnte jetzt nicht atmen und die Spannung im Seil ließ ihren Kopf nach oben und zur Seite neigen, aber sie musste.

Sie muss es tief in sich gespürt haben.

Es war so nah!

Sie konnte jetzt nicht aufhören.

Meister Robert lächelt vor Freude.

Sie würde haben, was sie dringend brauchte oder starb, und das war er.

Sie liebte ihn mehr als die Luft, die er atmete und das war genug für sie.

Dann legte er sich ganz auf sie und begann sie tief und fest gegen sie zu drücken, saugte an ihren Schultern und biss sich auf den Kiefer.

Als er spürte, wie sich seine Beine um ihn schlangen und sein Körper anfing zu zittern, packte er das Seil und zog sie beide auf das Bett, ließ Luft zurück in seinen offenen Mund strömen.

Zu sehen, wie sie nach Luft schnappte und weinte und spürte, wie sich ihre Muschi an seinem Schwanz zusammenzog und zusammenzog, war mehr als sie ertragen konnte.

Er sprang auf und nahm seinen Schwanz in die Hand.

Er pumpte es wütend, bis er endlich kam und das Sperma durch den Ring in Sklaven Susans Mund zog.

"Oh ja!" Sie dachte, als sie es das erste Mal mit ihrer Zunge versuchte: "JA! Ihr Körper, der sich noch nicht vollständig von ihrem Meister erholt hatte, war wieder voller Vergnügen.

Immer wieder, wie Wellen am Ufer, kam es für Ihn.

Sie war in jeder Hinsicht ihre Seelenverwandte, und zusammen erreichten sie Höhen purer Ekstase.

Meister Robert entfernte den Verband und pumpte weiter seinen harten, aufrechten Schwanz.

Als sich Jennifers Augen an das Licht gewöhnt hatten, konnte sie sehen, wie ihr Meister ihren Mund mit Seinem Sperma füllte.

Dann nahm er den Knebel ab und erlaubte ihr, ihr Geschenk zu genießen, während er weiterhin ihre Hände losließ und ihre Strümpfe, Schuhe und schließlich die Halskette auszog.

Meister Robert nahm sie in seine Arme und umarmte sie fest.

Er flüsterte ihren Namen und sagte ihr, dass sie seine sei und dass er sie liebte, ohne sich zurückzuhalten.

Sie wurde zitternd in seinen Armen gehalten und er zog sie noch näher und versicherte ihr, dass sie geschätzt und beschützt wurde.

Als sein müder Körper aufhörte zu zittern, schlief er friedlich in der sanften Umarmung seines Meisters ein.

KAPITEL VI

Sie wachte auf, als er sie aufhob und in die Wanne führte.

Er trat in sie ein und wiegte sie in seinen Armen, als sie in das heiße, dampfende Wasser sanken.

Es war wunderschön und sie lächelte, als sie sich daran erinnerte, wie sehr sie die Bastelwanne so lange genossen hatten.

Meister Robert badete sie so sanft, als wäre sie ein Neugeborenes.

Er wusch ihre Haare und achtete besonders auf ihre empfindliche Muschi und ihren Arsch.

Er rieb sich mit seinen seifigen Händen Nacken und Schultern und schob sie über seinen Rücken und über sein Gesäß, das er wie Teig knetete.

Das Sklavenbad war ein Ritual, auf dem sie bestand, was es für sie viel bedeutungsvoller machte.

Es war wunderschön und sie war so glücklich, dass sie ihre Tränen nicht zurückhalten konnte, als er den Unterschied zwischen Tränen und Wassertropfen nicht bemerkte.

Als er es getrocknet und seine Haare gekämmt hatte, nahm er die Bettdecke ab und sie krochen wortlos zwischen den kalten Laken.

Es gab nichts zu sagen, was die Leichen nicht zueinander gesagt hatten.

Wie ihre nächtliche Routine las Robert ihr vor, als sie ihren Körper mit den Fingerspitzen nachzeichnete.

Und mit bereits erteilter Erlaubnis kümmerte sie sich um ihn, bis er sich in eine wahr gewordene Traumwelt verirrte.

ENDE

ZIEH DICH AUS, ICH BEFEHLE DIR

"Komm her."

Ich habe Sonya in den letzten Minuten beobachtet.

Ich schloss das Buch mit meinem Finger und markierte meinen Platz.

Sie ist barfuß in Jeans.

Damit,

"Sonya, komm her."

Ich legte das Buch auf den Beistelltisch, schlug die Beine übereinander und streckte die Hände aus.

Sie kam zu mir, stellte sich neben mich, ich stemmte ihre Hände in meine Hüften und beugte mich vor, um mich zu küssen.

Ich küsse sie für einen Moment, ihre Lippen sind warm und weich, aber ich ziehe mich zurück.

Sie ist nervös.

Ich nehme den oberen Knopf seiner Jeans zwischen meine Finger, öffne ihn und ziehe den Reißverschluss nach unten.

"Zieh das aus."

Sie fängt an zu reden und...

"Still, Sonya, zieh sie jetzt aus, sag nichts."

Sie schluckt und etwas funkelt zwischen uns.

Sie zieht ihre Jeans aus, bewegt sie über ihre schmalen Hüften, steigt aus und tritt sie.

Ich lege meinen Finger auf ihren Bauchnabel und ziehe ihn an den Saum ihres Höschens.

"Und das auch."

Sie tut es.

Er drückt sie mit den Daumen nach unten und tritt sie.

Ich fahre mit den Fingerspitzen über ihren Bauch, die Vorderseite ihrer Schenkel, nehme ihre Hüften wieder in meine Hände und ziehe sie zu mir, ihre Beine gespreizt, um mich zu stützen, sie kann über mich in den großen Ledersessel passen.

Ich ziehe ihre Hüften zu mir, passe sie an, spreize ihre Schenkel, und sie fährt mit ihren Fingern durch meine Haare, hält meinen Hinterkopf und ich muss nur meinen Nacken ein wenig neigen.

Sie ist so klein, dass wir fast auf Augenhöhe sind, und ich ließ sie meinen Kopf nahe an sie heranführen, und sie legte ihren Mund auf meinen und legte ihren Kopf zur Seite, um einen sanften Kuss zu erhalten, aber sie fühlt sich ein wenig ahnungslos. ein wenig abgelenkt.

Ich weiß nicht warum, aber sie fühlt sich ein wenig ... distanziert.

Ich lege meinen Mund nahe an sein Ohr und flüstere.

"Wenn deine Vagina in meine Hose eindringt, werde ich dich verprügeln, bis du weinst."

Sonyas Mund öffnet sich leicht überrascht, und ich fahre mit meinen Händen über ihre Hüften, über ihre Rippen und nehme ihre

Brüste in meine Handflächen, fange ihre empfindlichen kleinen Brustwarzen ein und ziehe sie mit den zarten kleinen Knospen zu mir.

Sonya fängt an zu schreien, aber ich lege meinen Mund auf ihren und küsse sie hart, meine Zähne kollidieren mit ihren, zerquetschen ihre Lippen, fahren mit meiner Zunge über ihre Zähne und wirbeln in ihrem Mund.

Ich lasse ihre Brustwarzen nicht los und es macht es ihr schwer, sich auf den Kuss zu konzentrieren, aber ich gebe nicht auf, halte sie dort, winde mich in meinem Schoß, ihre Schenkel zittern, unfähig, sich von dem Kuss oder dem hellen Schmerz in ihren Brustwarzen zu lösen.

Als ich endlich nachgab, schluchzte sie ein wenig, ich legte meine Hände auf ihre Brustwarzen und fühlte, wie sie sofort anschwollen, sich erhitzen und verhärten.

Ich massierte sie ein bisschen und sah Sonya ins Gesicht.

Sie sieht mich an und ich lächle ein wenig, sie ist definitiv jetzt hier.

Ich lege meine Hände auf ihren Rücken und ziehe sie zu mir, und ich küsse sie jetzt sanft, und sie schluchzt wieder, ihr Mund ist weich und offen, und unsere Münder bewegen sich zusammen, Zungen berühren, drehen, ziehen sich zurück.

"Ich glaube nicht, dass du es schaffen wirst."

Ich sage, meine Lippen sind immer noch auf ihren.

Seine Augen weiten sich, aber wir sind zu nah.Ich küsse sie wieder.

"Ich glaube nicht, dass ein schmutziges Mädchen wie du es bekommen kann. Ich denke, deine kleine Muschi ist schon nass, offen und zittert."

Ich drücke meine Finger in Sonyas sauberes, lockeres, duftendes Haar und massiere ihren Nacken.

Sonya stöhnt in meinen Mund.

Seine Zunge bewegt sich sanft über meine Lippen, und ich mache dasselbe mit ihr, und ich hebe ein wenig, um ihr Gesicht zu sehen.

"Ich denke, du wirst ein Durcheinander zwischen deinen Schenkeln und in meiner Hose machen. Ich denke, du tropfst wahrscheinlich schon, und wenn ich meine Hand zwischen deine Beine lege, würden meine Finger völlig nass herauskommen, weil du ein schmutziges Kind bist, oder? Ich werde dich verprügeln und du musst es akzeptieren, denn das passiert mit kleinen Schlampen wie dir, die nicht verhindern können, dass ihre Vagina schmutzig wird. "

Sonya drängt auf mich zu, ich bin sicher, sie weiß es nicht.

Noch nicht.

Dies ist nur Ihr Instinkt, näher zu kommen.

Ich legte meine Hände in großen Kreisen auf seinen Rücken.

Sie ist warm und weich und ihre Haare fallen mir ins Gesicht und verstecken uns beide.

"Vielleicht werde ich dich ficken, nachdem ich dich verprügelt habe. Deine Vagina wird immer noch nass sein, weil du ein kleines Mädchen bist, das nichts dagegen tun kann, und ich kann dich auf deinen Händen und Knien auf den Boden legen und so meinen Schwanz in dich schieben. Ich wette, du Der Bauch wird heiß und rosa sein und ich werde ihn an meinen Schenkeln spüren, wenn ich ganz in dir bin. "

Sonya macht kleine keuchende Geräusche und gelegentlich ein Stöhnen, und ihre Hüften bewegen sich jetzt bewusster.

Ich küsse sie tief, lutsche an ihren Lippen und stecke ihre Zunge in meinen Mund, damit sie mir folgt.

Ich nehme ihr Gesicht in meine Hände, halte sie davon ab, weiterzumachen und necke sie ein wenig, unsere Lippen berühren sich kaum.

Mein Schwanz kommt in dein kleines Griffloch, alles nass und rutschig und hart und lang und dick und heiß und ich bin so geil. Ich wette, das erregt deine Aufmerksamkeit, nicht wahr, du kleine Hure?Ist es nicht Baby? So ist es nicht? ".

Sonya nickt, aber sie kann nicht sprechen, und ich fahre mit meinen Händen über meine Hüften und Rippen, und über meinen Bauch hebe ich ihre Brüste und küsse sie sanft, aber ich nehme ihre Brustwarzen mit meinen Fingern.

Wieder kann ich deutlich fühlen, dass sie immer noch hart, heiß und geschwollen sind.

Ich nehme sie fest in meine Finger und ziehe sie zu mir.

Es gibt keinen Ort, an den ich gehen kann, und sie schluchzt wieder ein wenig in meinem Mund.

Ich halte ihre Unterlippe zwischen meine Lippen und ich küsse ihre Wange und ihr Ohr und ihren Hals, sie schreit und sie kann dem Druck auf ihre Brustwarzen nicht entkommen oder entkommen.

Ich lege meinen Mund neben sein Ohr und sage ihm ...

"Ich habe dir eine Frage gestellt, Sonya. Ich habe dich gefragt, ob du mir deine volle Aufmerksamkeit schenken würdest, wenn ich dich verprügeln würde, weil du eine Schlampe mit einer unordentlichen nassen Muschi bist, und ich stecke meine Finger in deine nasse Muschi und ich nasse meinen Schwanz und ich stecke sie in deine Enger kleiner Hintern, bis sich dein Bauch zusammenzieht. Das habe ich dich gefragt, und du musst mir antworten. Du musst mir antworten, oder ich muss dich mehr bestrafen, Baby, ich muss, du kleine Hure, du dreckiges kleines Mädchen, also sag mir, antworte mir, Sonya. Sag mir, dass ich ... "

"Ja!"Ein kleiner Schrei kam aus ihrer Kehle.

"Ja, Sonya?"

"Ja! Ich bin so, ich werde Steve, bitte!"

Ich lächle an ihrem Hals und küsse ihren Hals, lutsche an ihrem Ohrläppchen und drücke ihre Brustwarzen fester und seufze erneut.

"Das ist keine Antwort, Kitty. Ich möchte wissen, was ich tun soll, um deine volle Aufmerksamkeit zu bekommen. Ich möchte wissen, ob ich dich verprügele, weil du nicht verhindern kannst, dass deine Vagina in meine Hose sickert, weil du so nasse kleine Schlampe bist, dass du nicht anders kannst, als deine zu tränken." kleine Muschi macht ein Chaos. Was wäre, wenn ich dich dafür verprügele und meine Finger in deine unordentliche kleine Muschi stecke, um sie nass zu machen, und meine Finger an meinem Schwanz abwische, damit er total glatt ist, und dich auf deine Knie auf den Boden lege, um Würde ich deine volle

Aufmerksamkeit bekommen, wenn du deinen engen kleinen Arsch mit meinem dicken harten Schwanz fickst? "

Ich lasse Sonyas Brustwarzen los, lege aber wieder meine Handflächen darauf, und Sonya weint, und ich spüre, wie sie noch mehr anschwellen und hart werden, während das Blut von den gequälten kleinen Gipfeln fließt, und ich kann die Hitze deutlich spüren, wenn sie sie sacken, falten und verhärten.

Sonya atmet durch ihren Mund, ihre Augen flattern ein wenig, ich tätschele ihren Nacken und drücke sie sanft, ich bringe ihren Kopf an meine Schulter, ich küsse sie auf den Hals, ihr Ohr, ich beruhige sie ein wenig.

"Shhhh. Shhhh jetzt Baby. Du versuchst es, richtig? Aber du kannst nicht anders als ein so schmutziges Mädchen zu sein. Eine süße dreckige kleine Schlampe, kannst du Kätzchen?"

Ich finde ihren Mund und küsse sie sanft, meine Zunge gleitet über ihre Lippen, und ich streichle ihren Rücken mit meiner Handfläche, die Finger weit.

"Bist du eine unordentliche kleine Hure?"

Sonya nickt, ihre Stirn in meinem Nacken vergraben.

"Sag mir, Sonya, sag mir, dass du es bist. Sag es."

Sonyas Wimpern flattern gegen meine Wange und sie flüstert fast atemlos, dass sie eine unordentliche Hure ist, sie ist mein schmutziges Mädchen, und bitte, bitte, nur bitte.

Ich finde ihre Brustwarzen wieder mit meinen Handflächen, und sie sind so hart und zart, Sonya springt ein wenig, und ich hebe ihr Hemd hoch genug, um sie sanft in meinen Mund zu nehmen, eine, dann die andere, und lutsche und lecke sie ein wenig, ziehe drücke mit meiner Zunge in sie hinein, drücke und sauge stärker und ziehe, und Sonya stöhnt, und ich breitete sie ein wenig aus, fing mit meinen Zähnen auf und ließ sie glänzend und nass und so laut werden, und sie haben die Farbe eines Rosas tief.

Ich spüre, wie Sonyas Oberschenkel sich beugen und lösen, und ihre Hüften bewegen sich langsam und ihre Augen schließen sich.

Ich schiebe meine Hände wieder an ihren Rippen hoch, diesmal nehme ich ihr Hemd mit, und Sonya hebt ihre Hände und zieht es über ihren Kopf heraus, und jetzt ist sie nackt, ganz weich und warm.

Ich atme ein und lecke ihre Brustwarzen wieder und fange sie mit meinen Zähnen in meinem Mund ein, und Sonya atmet in mich ein und ihre Hüften schwanken.

Mein Schwanz fühlt sich hart und dick an, und als Sonya ihren Bauch wieder zu mir dreht, halte ich ihre Hüften und ziehe sie näher, und ihr nackter kleiner Hügel drückt gegen meinen Schwanz, gegen den rauen Stoff meiner Jeans, und sie schnappt ein wenig nach Luft. .

Ich schiebe meine Hüften nach vorne und ich weiß, dass sie fühlen kann, wie hart ich bin, wie hart sie mich macht, und sie macht ein kleines Stöhnen, ein Stöhnen und ein wenig frustriertes Geräusch.

Ich packe ihre Hüften fest, ziehe sie hoch und lasse sie ihre weiche kleine Muschi gegen mich drücken, verletze sie ein wenig, nehme ihren Mund mit meinem Mund und lasse sie in mir stöhnen.

"Steh auf."

Ich ziehe immer noch an ihren Hüften und küsse sie, und sie ist ein bisschen verwirrt, aber ich drücke sie nicht oder nehme meinen Mund von ihr, sie küsst mich süß und tief, ich gebe ihr nur eine Minute und sage es noch einmal ruhig und sie sieht mich an und zögert, aber sie legt ihre Hände auf ihre Schultern und steht auf, ein wenig gerötet, ein wenig wild, ihr Haar eine dunkle Wolke um ihr Gesicht gewickelt, und ihr Hals und ihre Brüste sind gerötet, und ihre Lippen sind geschwollen und rosa dunkel von Küssen, und mir ist klar, dass ich auf ihren Mund gestarrt habe, als sie lächelte, nur ein wenig.

Sie ist nackt und sieht leicht und weich und verletzlich aus, wenn sie vor mir steht.

Ich stellte meinen Schwanz in meine Jeans und Sonyas Augen fielen auf meine Hand und ich sehe, wie sich ihre Augen ein wenig weiteten, wenn sie zusah.

"Schau dir das an."

Sonya sagt nichts und ich zeige auf meine Jeans.

"Schau dir dieses Durcheinander an, Sonya. Du bist auf meine Hose getropft."

Ich beeile mich in meinem Stuhl vorwärts, greife näher an sie heran und schiebe meine Finger über die Innenseite ihres Oberschenkels.

Meine Finger gleiten leicht über ihre Haut.

Sie ist eine schöne Sauerei.

Ich streichle ein wenig die Innenseite ihres Oberschenkels und zeige ihr meine Finger.

"Schau dir das an. Nasse und unordentliche kleine Hure. Und das sind nur deine Schenkel. Ich habe deine Muschi noch nicht einmal berührt. Ich wette, es ist alles rutschig, durchnässt und unordentlich, oder?"

Sonya nickt, ihre Augen sind groß und ihre Lippen sind geöffnet.

Ihre Brustwarzen sind steif und dunkelrosa.

"Legen Sie Ihre Hände hinter Ihren Rücken."

Sie tut es, und ich beuge mich wieder vor, halte meine Augen auf ihre gerichtet und lege meine Hand auf ihren inneren Oberschenkel, diesmal meine Handfläche, und schiebe sie nach oben und nehme ihre weiche kleine nackte Muschi in meine Hand. und sie ist ein Chaos, sie ist klatschnass und ihre kleine Muschi öffnet sich leicht unter meiner Hand, glättet sich ein wenig und breitet sich aus, und meine beiden Mittelfinger graben sich in ihre Muschi.

Sonya atmet zitternd, als meine Finger in sie gleiten, bis meine Handfläche an ihrem Kitzler anliegt und meine beiden Finger fest in ihrer weichen, warmen Scheide eingeschlossen sind.

Ich schiebe meine Fingerspitzen tief über die empfindliche Vorderwand ihrer Muschi, drücke meine Handfläche ein wenig und Wenn SieSonyas Knie krümmen sich ein wenig und ich ziehe langsam meine Finger aus ihrem Körper und zeige sie ihr im Stehen.

Meine Finger sind glänzend und rutschig und meine Handfläche ist nass.

"Schau dir dieses Durcheinander an, das du gemacht hast, kleine Hure, schau dir deinen unordentlichen kleinen Schlitz an, deine undichte kleine nasse Schlampe, deine kleine Muschi, die du nicht kontrollieren kannst."

Ich nehme eine kleine harte Brustwarze mit meinen nassen Fingern und fülle sie mit ihren Säften, und Sonyas Augen flattern ein wenig, während ich sie fester drücke, mich fester durch den Fleck halte und den kleinen Schnabel aus meinen Augen gleiten lasse. Finger, bevor Sie es wieder erfassen.

Ich sage ihr, sie soll sich umdrehen, und sie tut es, und ich stehe sehr dicht hinter ihr, streiche ihre Haare zur Seite, küsse ihren Nacken ein wenig, schiebe meine Hand über ihre Rippen und fange ihre andere kleine hervorstehende Brustwarze ein meine nassen Finger.

Meine andere Hand dreht sich um ihre Hüften und zwischen ihren Beinen, und ich finde ihren Kitzler, rolle ihn auf und drücke ein wenig, schüttle meine Finger und fahre mit meinen Fingerspitzen über ihren Schlitz und finde ihren Kitzler. wieder, und ich reiße und streichle ihn schneller und ein wenig zu hart und mache meine Finger so nass wie möglich und streichle über ihren glatten kleinen Hügel und tauche zurück in ihre Muschi und schiebe meine Finger in sie hinein und aus ihr heraus Falten und runter über die gesamte Länge ihres tropfenden kleinen Schlitzes und dann zurück zu ihrem Kitzler, schnell, glatt und leicht und dann härter, sie zu mir ziehend, Zähne auf ihrer Schulter, ihren Arsch gegen mich drückend, wissend Du kannst fühlen, wie sich mein Schwanz in meiner Jeans zusammenzieht.

Sonyas Mund ist offen und feucht, und ihre Augen sind geschlossen, und sie konzentriert sich auf die Gefühle, die durch sie laufen. Meine Finger gleiten über ihren Kitzler und streicheln ihn jetzt unerbittlich. Ich möchte, dass sie sich schließt, und ich möchte, dass sie nervös ist, weil Ich will sie verprügeln und auf dem Boden ficken.

Ich drücke mich von hinten gegen sie, während meine Finger gleiten und sich vertiefen, streicheln, spielen und ihren kleinen Kitzler reiben.

Ich bewege meine andere Hand von seiner Brust und fahre mit meinen Nägeln über seine Rippen, über seinen Bauch, um seine Hüften und über seinen warmen kleinen Arsch, über seinen Rücken und bis zu seinen Haaren.

Ich nehme eine Handvoll ihrer feinen dunklen Haare, schnappe mir den Kopf zurück und bringe meinen Mund an ihr Ohr.

Sonya schnappt nach Luft und stöhnt ein wenig und bewegt ihre Hüften so, dass sich meine Finger zu ihrem Vergnügen bewegen, aber ich blieb stehen und nahm meine Finger von ihrer gemütlichen kleinen Muschi und wischte sie an ihrem Bauch ab, damit sie fühlen konnte, wie nass und rutschig sie war. dass es war, wie chaotisch es war.

"Ich werde dich verprügeln, Sonya."

Und ich kann dem Knurren in meiner Stimme nicht helfen, mein Herz pocht und ich kann mir keinen Weg vorstellen, ihr nahe genug zu kommen.

Ich möchte sie lecken und küssen und verletzen und sie lieben und ficken.

Ich will sie wirklich ficken.

Mein Schwanz ist so hart, dass es weh tut, und sie ist nicht die einzige, die dort unten ein Chaos anrichtet.

Ich packe sie hart an den Haaren, und sie hebt ihre Zehen ein wenig an, schnallt meinen Gürtel mit einer Hand ab und schiebt ihn durch die Krawatten.

Ich drücke sie nach vorne, bis sie an der Wand steht, und ich drücke mein Gewicht gegen sie. Ich lehne meinen Kopf zur Seite, um ihren

Nacken zu küssen. Ich beiße wieder auf ihre Schulter und gebe meine Hand und halte meinen Gürtel hoch und runter seine Seite.

Damit sie meine warme Hand und das kühle Leder fühlen kann.

Ich drehe ihren Kopf mit meiner Hand, die immer noch in ihr Haar gewickelt ist, um sie zu küssen, beuge mich fast nach unten, um ihren Mund zu erreichen, strecke ihren Hals angespannt, greife nach mir, ihre Lippen sind heiß und feucht und ihr Mund offen.

Ich fühle mich wie ich ertrinke.

"Ich möchte."Ich sage, und sie weiß, was ich meine.

"Ich weiß, Baby."Sagt sie und schnappt dann nach Luft, als ich ihre Haare kneife und ihren Kopf nach hinten neige.

Ich lecke ihren Hals und spüre, wie meine Zunge über ihre Sehnen und ihr weiches Fleisch geht, und ich lecke leicht über ihren Kieferwinkel und küsse sie hinter ihrem Ohr.

Ich mag den Geschmack von Salz auf ihrer Haut.

"Shhhh, jetzt."Ich sage.

Ich gehe von ihr weg und sie sieht mich nicht an, aber sie legt ihre Hände leicht auf die Wand, auf die Höhe ihrer Schultern, und bleibt sehr still, nur ihre Fingerspitzen auf der kalten Oberfläche.

Ich kann sehen, wie sie tiefer atmet, und sie schaudert, und ich weiß, dass es nicht an der Kälte liegt.

Ihre Füße und Knöchel sind zusammen und sie hebt das Gewicht ein wenig von einer Seite zur anderen, und ich denke, sie muss fühlen können, wie nass es zwischen ihren Schenkeln ist, wenn sie es tut.

Ich verlasse sie so und warte lange, obwohl es nur ein Moment sein wird, und ich sehe, wie sich die glatten Muskeln in ihren Waden beugen, und sie steht auf Zehenspitzen und ihre Fingerspitzen drücken gegen die Wand.

Wir warten beide. und das fast zu lecker, und selbst von hier aus kann ich einen Puls in seiner Kehle sehen.

Sonya wartet, nackt und schlank und gerade, ihre Zehen hoch gehalten, Gänsehaut über ihren Rücken und sie holt tief Luft.

Die Beule an ihrem Arsch mit dem gefalteten Gürtel ist schnell und hart und sie schiebt ihre Hüften nach vorne, um gegen die Wand zu schlagen.

Sonya stößt einen kleinen Schrei aus und stöhnt, zittert, und ich mache es noch einmal, und die rosa Kreuzspuren steigen auf der zarten, glatten Haut auf, und sie atmet immer noch tief vom zweiten Schlag, wenn der dritte schlägt, und treibt sie wieder an die Wand. Ihre Hüften und ihr Bauch schlugen gegen die glatte Oberfläche und zogen einen weiteren Schrei von sich, während sie ihre Hände an der Wand hielt und drückte.

Sie steht auf den Zehenspitzen auf, und ich greife zu ihr und kämpfe darum, meine Jeans aufzuknöpfen und sie weit genug nach unten zu ziehen, um meinen Schwanz loszulassen, schmerzhaft hart und rutschig mit Säften, die von ihrem geschwollenen Kopf tropfen, und ich renne zu ihrem Arsch. und ich spüre die Hitze und die heißen Nähte steigen, und ich lege meine Hand um Sonyas Hüfte, ziehe sie ein wenig von der Wand weg und drücke sie zwischen meine Schulterblätter, um sie zu lehnen.

Ich greife wieder nach seinen Haaren und hebe seinen Kopf fest, krümmte seinen Rücken, seine Füße immer noch zusammen, mein Schwanz tropfte buchstäblich.

Ich kann eine kühle, rutschige Nässe spüren, die an meinem Glied entlang läuft, während ich es in die Hand nehme und meine Faust entlang meines Schwanzes und über den geschwollenen Kopf auf und ab bewege und sie in mein enges Arschloch lege von Sonya.

Es fühlt sich unglaublich eng an, wenn ich sie nach vorne drücke und mit einem dicken Kopf öffne, aber ich höre genau dort auf, und ich weiß, dass dies sie von ihrem Keuchen und Zittern verletzt, und ich beuge mich ein wenig, um meinen Mund nahe an ihr Ohr zu bringen und zu ziehen stärker von deinen Haaren.

Sonya schreit ein wenig und ich sage:

"Sonya, hör zu, habe ich jetzt deine Aufmerksamkeit?"

Und Sonya nickt ein wenig verzweifelt.

"Äh, huh!"Sie sagt.

Und ich sage ihm:

"Sonya, habe ich jetzt deine verdammte Aufmerksamkeit?"

Und diesmal kann sie keine Antwort finden, und eine Träne gleitet aus ihrem Augenwinkel, und ich lecke sie, und ich schiebe langsam meinen Schwanz in ihren Arsch.

Mein Schwanz ist so hart und so glatt, dass ich spüren kann, wie sie sich nur schwer einleben kann, aber ich rutsche in diesem üppigen, wahnhaften ersten Schlag voll in sie hinein.

Ich halte ihren Kopf zurück, halte ihn gewölbt, und ich kann fühlen, wie ihre Beine zittern, meine Hüften nach hinten heben und einen Moment warten und dann wieder vorwärts gehen, tief, treibend, was Sonya veranlasst, ihre Hände gegen die Wand zu drücken. und ich fühle ihren Krampf in meinem Bauch, und ich greife nach ihrer Hüfte, um nach vorne zu schieben, um mehr von ihr zu bekommen, und sie stöhnt wieder und schluchzt ein wenig, und ich möchte mit ihr sprechen, sie mit mir sprechen lassen, sie mich bitten lassen Ich habe sie gefickt, verletzt, in den Arsch gesteckt, mir gesagt, dass sie meine ist, dass sie meine kleine Schlampe ist und dass sein Schwanz sie verletzt und dass sie kommen will, aber ich kann nicht sprechen.

Sonya muss sich anstrengen, ich ziehe ihren Kopf zu mir und ihr Rücken ist gewölbt, aber ich weiß, dass dies nicht lange dauern wird, weil es zu eng und die Reibung zu stark ist und ich versuche, meinen Orgasmus zu verzögern, um so viel wie möglich von ihr zu nehmen. Aber dann kann ich nicht mehr denken und ich ficke sie einfach in den Arsch, sie, mein Mädchen, meine dreckige Hure, ficke ihren heißen engen kleinen Arsch und verletze sie, und es ist mir egal, ich nicht Angelegenheiten.

Ja, das bin ich, und sie bereitet ihre Hände vor, damit ich sie nicht gegen die Wand werfe, und ich schaffe es, ihr zu sagen, sie solle mich ansehen, meine Stimme ist dick, meine Zähne sind zusammengebissen, und natürlich singt das Vergnügen durch mich. eine dicke Flüssigkeit beginnt herauszukommen.

Übererregung und rauschende Hitze lassen mich in sie strömen, mein Schwanz schwillt an und pulsiert und pumpt, und Sonya schreit ein wenig, als ich mich stärker nach vorne drücke, und sie greift zwischen ihre Beine, um die Basis zu halten von meinem Schwanz.

Ich weiß, dass sie meine Rucke, Krämpfe spüren kann und wie ich sie mit meinem Kommen fülle...

Ich beende endlich und nehme meinen Schwanz aus ihrem Arsch, drehe sie um, drücke sie gegen die Wand, lege meinen Mund auf ihren und küsse sie hart, unsere Zähne schnappen und stecken meine Finger in ihre Muschi.

Ich finde ihren Kitzler, und sie ist so nass und offen, so viel oder mehr als zuvor, und sie schnappt nach Luft, wenn ich meine Fingerspitzen auf ihren Kitzler lege, und ich streichle sie im Kreis, schnell und rau, und das ist immer noch sehr aufregend für sie. mich.

Sonya legt ihre Hände auf mein Gesicht, ihre warmen Handflächen auf meine Wangen und hält mein Gesicht nur Zentimeter von ihrem entfernt und schaut mir in die Augen. Ich schaue ihr ins Gesicht, während ihr Orgasmus sie durchdringt, und sie hält ihre Augen offen und ich fühle das Seine Hüften ruckeln und sein Mund öffnet sich leise, und ich streichle, drehe und drücke weiter, während er kommt und kommt und kommt, seine Augen auf meine wie ein Gebet.

ENDE

www.ingramcontent.com/pod-product-compliance
Lightning Source LLC
LaVergne TN
LVHW041042150826
845672LV00001B/430

* 9 7 9 8 2 3 0 3 5 1 5 2 8 *